講談社文庫

うちの旦那が甘ちゃんで

鼠小僧次郎吉編

神楽坂 淳

講談社

うちの旦那が甘ちゃんで

鼠小僧次郎吉編

火鉢の中の火吹きだるまが目に見えない程度に灰を巻き上げている。鉄瓶《てつびん》のお湯が暖かい湯気を吐き出した。

十二月になると、雪こそ降らないものの、江戸の町は完全に冬支度である。火鉢だけではどうにも寒いから、朝から酒で温まることも少なくない。

そうしたところで半刻《はんとき》も歩けばすっかり体が冷えてしまうのだから、やっていられないというところである。

紅藤沙耶《くどうさや》は、火鉢で軽く手を炙《あぶ》ってから台所に立った。

今日は特別に冷えるから、朝は体が温まるものを作ろうと思う。冬場はとにかく冬《とう》瓜《がん》が重宝する。

冬瓜は夏の野菜だが長持ちするので冬まで食べられる。だから「冬瓜」なのだ。夏の終わりの安いときに買っておいて、浅草紙《あさくさがみ》に包んで保存しておく。

いつでも食べられる便利な野菜である。これに南瓜《かぼちゃ》と里芋《さといも》を加えて鰹節《かつおぶし》と一緒に煮る。

柔らかくなったところで味噌《みそ》を加えてできあがりである。

仕上げにすりおろした生姜《しょうが》を載せるのが夫の月也《つきや》のお気に入りだ。

冬場はやはり生姜がいい。

その他に大根を切ったものを準備する。漬け物ではなくて、短冊《たんざく》に切ってひと塩したものにたっぷりの葱《ねぎ》を散らしてから醤油《しょうゆ》をかける。

そして溶《と》き辛子《がらし》を添えた。

冬瓜が味噌味だから、汁物は醤油仕立てにする。冬瓜をすりおろして、汁の具にした。こうすると同じ冬瓜でも風味が全然違う。

それに熱燗《あつかん》をつけて月也のもとに運ぶ。

「お。美味《うま》そうだな。それに豪勢だ」

月也が嬉《うれ》しそうに顔をほころばせた。

月也は風烈廻方同心《ふうれつまわりかたどうしん》を拝命している。風烈廻りが担《にな》うのは火事に対する見廻りと、凶悪犯罪の取り締まりである。

火盗改《かとうあらた》めと同じ立場にある。違うのは、番方《ばんかた》、つまり武官である火盗改めに対して役方《やくかた》、文官であるということだ。

凶悪犯罪に関しては火盗改めに完全にお株を奪われていて、風烈廻りは閑職としか言いようもない。

その中でも、月也はまったく手柄を立てないぼんくら同心として名をはせていた。

そのために付き人である小者《こもの》にすぐ逃げられてしまう。

同心は小者がいないと仕事にならない。身の回りの世話は小者の仕事なうえ、「御用だ！」と声を上げるのも小者だ。

だから小者がいなければ事件など解決しようがないのである。

自然と沙耶が小者を務めるようになった。

「お。美味い」

月也は一口食べて大きな声を出した。

「この間付け届けを頂いたのです」

「そうか。ありがたいな」

同心の収入の大半は付け届けである。もちろん奉行所から給金は出ているが、満足に生活できるものではない。

だから同心の妻はたいてい内職をしている。

その他に、商人からの付け届けがある。自分の店をしっかりと守ってほしいから、少し包んでくれるのである。

月也はこれまでぼんくらで有名だったから付け届けもなかったが、最近活躍が噂《うわさ》になって心づけを包んでもらえるようになった。

おかげで沙耶が月也と一緒に見廻りに出かけて内職があまりできなくても、生活が困窮しなくてすむ。

「沙耶も食べるといい」

月也に声をかけられて食事に手をつける。

冬場の味噌味は美味《おい》しい。夏場よりも体が温まる気がする。南瓜も里芋も体を温める食材だから、冬には欠かせない。

十二月の風烈廻りは忙しい。捕物以上に火事の見廻りがあるからだ。冬は空気が乾燥しているからとにかく火事になりやすい。

月也にとっては一番緊張する月でもあった。

そのせいか、月也は十二月は他の月よりもよく食べる。気を張って歩くからだろう。

「挟《はさ》み箱《ばこ》の調子が悪い。困った。留め具がきしむのだ」

月也が飯をかき込むと口を開いた。

「それは困りましたね」

挟み箱は同心にとって最も大切なものである。なんといっても箱の中に着替えや捕物用の十手《じって》、たすきなどが詰まっている。

小者が担《かつ》いで同心のあとをついていくための箱だが、かなり重い。紅藤家では沙耶が小者だから本来は沙耶の役目である。

しかし月也は沙耶に箱を持たせるようなことはせずにいつも自分で担いでいる。同心が自ら箱を担ぐというのはかなり恥ずかしいことだ。正直世間体《せけんてい》は悪い。

しかし月也のほうはまるで気にならないらしく、沙耶だけがやきもきしている。

「やはり箱はわたしが持ったほうがいいのではないでしょうか」

沙耶はあらためて言った。

「なぜだ？」

「世間体というものもあるではないですか」

沙耶が言うと、月也は楽しそうに笑い出した。

「この間までぼんくら同心と言われて、小者に逃げられていたのだ。それに比べれば箱を担ぐなどなにほどのこともないさ」

そう言われて沙耶は口をつぐんだ。

月也は、まるで手柄を立てない同心として名が売れていたが、沙耶が小者についてから、なかなかやる同心という雰囲気になっている。

「沙耶が小者になってくれたから手柄が立てられるのだ。箱くらい俺が持つ。沙耶が重いものを持つ必要はない」

「ありがとうございます」

沙耶は思わず礼を言った。月也はもう少しふんぞり返っていてもいいのではないかと思う。

沙耶にとってはいまの月也のほうが好ましくはあるのだが。

「しかし箱の修理はどうしよう。鋳掛《いかけ》屋かな」

「どうなんでしょう。音吉《おときち》さんに聞いてみましょうか」

「それがいいな」

月也が頷《うなず》く。

音吉は深川《ふかがわ》の人気芸者である。ひょんなことで知り合っていまは仲良くしている。

「では今日は深川を見廻るとしよう」

「はい」

沙耶は大きく頷いた。

月也は南町《みなみまち》奉行所の同心だから、本来深川にはあまり行かない。奉行所の巡回地域には縄張りはないと言われているが、実際にはあるのだ。

南町奉行所は日本橋《にほんばし》中心。北町《きたまち》奉行所は木場《きば》中心である。南町奉行所のほうが付け届けを貰《もら》いやすくするという配慮であった。

かつて南町奉行であった大岡越前守《おおおかえちぜんのかみ》が、自分のいる南町奉行所を優遇するために作ったしきたりである。

そのせいで北町奉行所の同心は南町奉行所の同心が好きではない。

月也などはその風当たりをくらって陰口を叩《たた》かれることが多かった。深川になど踏み込んでほしくはないのだろう。

月也が準備をしている間に、沙耶は「くろもじ」を削ることにした。くろもじというのは爪楊枝《つまようじ》によく用いられる木だ。枝をまとめてもらってきて、楊枝の形に削って納品する。

これにも腕があって、沙耶の楊枝は評判がいいらしい。沙耶からしても、好きな時間にできる仕事なのでありがたかった。

おかげで月に一分《ぶ》ほどの収入になる。紅藤家にとってはかなりありがたい。

そう思いながら準備する。沙耶は男装をするのだが、これが案外難しい。月也は同心だから黒の羽織である。

小者の沙耶が同じ黒というわけにはいかない。そうすると紺《こん》や藍《あい》色ということになるのだが、月也の黒と並んだときに妙に目立ってしまうのだ。

なんとなく恥ずかしいのでいろいろ工夫をしてはいるが、そんなにたくさん着物を買う余裕があるわけでもないから、なかなか大変である。

最近音吉が、これが似合うだろうと一着羽織《はおり》をくれた。深川鼠《ねず》で、明るくて雰囲気がいい羽織である。

今日はこれにしようと決めて上から羽織った。濃《こき》色の着物に深川鼠の羽織というでたちは少々派手な気もするが、月也の隣に立つと紺色などよりむしろしっくり来る感じがした。

「おお。綺麗《きれい》だな」

月也が嬉しそうな顔をした。

「あまり見ないでください。恥ずかしいです」

あらたまって見つめられると照れてしまう。

「そうか。では行こう」

月也は先に立って歩き始めた。そのすぐ後ろをついていく。同心の足は速い。普通に歩くとあっという間に引き離されてしまう。

が、月也は沙耶に合わせてゆっくりと歩いてくれた。

家を出ると、まずは奉行所に出仕する。それからあらためて見廻りにでかけるのである。沙耶は小者だから奉行所の中には入れない。門の外で月也を待った。

奉行所の前には同心を待つ小者や岡《おか》っ引《ぴ》きがたむろしている。沙耶のことが物珍しいらしく、無遠慮な視線を投げてくる者もいる。

それはそうだろう。男装の小者など沙耶だけだ。そもそも同心と同じ速度で歩くこと自体が女では無理なのである。

「おはよう」

一人の岡っ引きが声をかけてきた。隠密《おんみつ》廻り同心の佐田《さた》平一郎《へいいちろう》に仕《つか》える岡っ引きで、夏吉《なつきち》という男だ。月也の初手柄である火鼠《ひねずみ》の金五郎《きんごろう》を捕まえたときも近くにいた。

「おはようございます」

沙耶が頭を下げる。

「最近頑張っているようだね。たいしたものだ」

夏吉は屈託のない笑顔を見せた。

「ありがとうございます」

沙耶は少しほっとして礼を言った。同心や小者、岡っ引きは男の世界である。女だというだけで言いがかりをつけられてもしかたがない。

しかし夏吉にはそんな考えは微塵《みじん》もないようだった。

「女房が小者って羨《うらや》ましいね」

夏吉が言う。

「そうなんですか？」

「そりゃそうだよ。ろくに顔も知らない奴を安い賃金でこき使ってさ。いつ裏切られるかもわからないんだ。雇われる側だってさ、優しい同心に当たるとは限らない。そう考えると女房の方がいいに決まってるさ」

夏吉が言うとまわりの小者たちがどっと笑った。

「本当だよ、御新造《ごしんぞ》さん。おれたちよりあんたの方がずっと上等さ」

小者たちが声をかけてきた。

小者は小者で、人にはわからない苦労が多いのだろう。

「こんなふうに受け入れてもらえるとは思わなかったです」

沙耶が言うと、夏吉は大きく頷いた。

「おれたち岡っ引きや小者はごろつきなんだよ。社会からこぼれてるんだ。だから他人様のことをとやかくは言わないんだよ。恵まれてる連中のことはひがむけどな」

夏吉が笑う。

褒《ほ》められているのだかいないのだかわからないが、受け入れられたのはわかる。なんとなく気分がよくなって、穏やかな気持ちで月也のことを待った。


月也の方は、奉行所で例繰方《れいくりかた》の佐々木権左《ささきごんざ》に挨拶《あいさつ》をしていた。奉行所は口頭よりも書面でのやり取りが多い。口頭だと間違いが起こりやすいからだ。

「お奉行様と伊藤《いとう》様がお呼びだ」

佐々木が言った。

さすがにこのくらいなら書面にはしないのだな。と思いつつ佐々木に頭を下げる。

そしてなぜ呼ばれたのだろう、と思った。

なにか不手際でもあったのかと身構えた。なんといっても手柄をほとんど立てたことがないだけに理由がわからない。

月也のような同心が奉行に直接会うなどということはあまりない。身分の違いが大きすぎるからだ。月也が会うのは与力《よりき》までである。

奉行の筒井政憲《まさのり》の部屋まで行く。

「紅藤でございます」

声をかけると、部屋の中から穏やかな声がした。

「入れ」

奉行ではなく内与力《うちよりき》の伊藤桂《けい》の声である。伊藤はなにがあってもまず怒ることはない。だから月也たちにとって安心できる相手だった。

「なにかやってしまいましたでしょうか」

部屋に入ると月也が平伏した。

「叱責《しっせき》するために呼んだわけではない」

筒井が声をかけてきた。

「ありがとうございます」

「そう緊張するな」

筒井が言う。

「無理でございます」

月也は答えた。いきなり奉行に呼ばれて緊張しないなどありえない。

「じつは、お前に命じたいことがあるのだ」

「なんでございましょう」

「お主、深川飯は好きか」

「もちろんでございます」

月也は即座に答えた。深川飯は文字通り深川の名物料理だ。深川で数多く獲《と》れるバカガイを葱とともに煮込んで、醬油で味をつけて汁ごと飯にかける。安いし量も多く美味しいので大人気である。月也もたびたび世話になっている。

「あれを食べ歩いてな。一番美味い店を教えてくれぬか」

なんとも不思議な指示である。

「そのときは少々飲んでもよい」

言いながら、伊藤が懐《ふところ》から金を出した。

「五両ある。好きに使え」

奉行の筒井ではなく伊藤が金を出すのは、この二人の密接な関係のせいである。伊藤の役職である「内与力」は通常の与力とは違う。

「与力」は世襲だが、内与力は奉行が連れてきた腹心である。奉行が辞めれば去っていく短期的な役職だ。

それだけに与力や同心には煙たがられやすい。

しかし伊藤は人柄もよく、みなに慕《した》われていた。唯一の欠点があるとすれば「馬肉を食え」と推奨することだろうか。

伊藤には「精をつけるには馬肉」という持論がある。馬肉のことは「けとばし」というから、陰で「けとばし様」と呼ばれているほどである。

それにしてもまったく理由がわからない。しかし拝命する以外はないだろう。どういうことなのかあとで沙耶に聞いてみようと思った。

「かしこまりました」

月也が退出すると、筒井が肩をすくめた。

「いったいなにを言われているのか紅藤にはまるでわかるまいな」

「わかられるとかえって困りますよ」

伊藤が言う。

「自分が知らぬうちに犯人を探し当てるのがいいのです」

「ずいぶん都合がいい話をしているな」

筒井はにやりとした。奉行としてはそういう丁半博打《ちょうはんばくち》のような犯人捜しはよしとしない。だが今回ばかりはしかたがない。

いま筒井が相手にしているのは「煙のような」犯人だったのである。

月也が奉行所から出てくるのを見て、沙耶は歩み寄った。月也の表情に、なにかあったな、と思う。

しかし悪いことではないような雰囲気だ。

「どうかされたのですか？」

「うむ。深川飯を食え、と言われた。そして一番美味い店を教えろということだ」

「それがおつとめなのですか？」

「そうだ。まあ、当分奉行所の金で飯が食えるな」

月也が楽しそうに笑った。

もちろん本当に深川飯を探しているわけではないだろう。月也には悟られたくないなにかがあるということだ。

一番考えられるのは、深川飯を食べるような客の中に盗賊がいるということだろう。本来は定廻《じょうまわ》りや隠密廻りがやるところをわざわざ月也に話すということは、「わけあり」な事件が起こっているような気がする。

そして月也にはなにも気が付いてほしくないということだろう。

沙耶としては、月也と深川飯を食べながら事件をさぐることになりそうだった。

「深川飯と言われると腹が減ってくるな」

月也が腹をおさえた。

月也には裏表がない。額面通りに言葉を受け取っているようだ。だがそこがいい。月也と話しているだけでほっとする感じがする。そういうところが好ましかった。

「では深川に行きましょう」

沙耶が声をかけると、月也は並んで歩きはじめた。

永代橋《えいたいばし》を渡ると深川である。橋一本渡るだけなのに、それまでの八丁堀《はっちょうぼり》と深川ではまるで空気が違う。

どちらかというと閑静《かんせい》な八丁堀の空気から一気に変わる。

「かりんとううぅぅ」

橋を渡った瞬間に、かりんん糖売りの声が響く。深川といえばなにはさておきかりんん糖である。夏でも冬でもいつもたくさん売り歩いている。

そのほかにも物売りの声があちらこちらから響いて、まるで祭りのようだ。

「ひとつ買うかな」

月也が言った。

「お行儀《ぎょうぎ》が悪いですよ」

沙耶は思わずたしなめた。武士は買い食いは禁止である。罰則があるわけではないが眉《まゆ》をひそめられることには違いない。

「いいではないか。美味いぞ」

月也は気にもならないらしい。歩いているかりん糖売りに向かって手をあげた。

「はい。どうぞ、旦那」

あっという間に三人のかりん糖売りが目の前に立った。どうやら月也の周りには三人のかりん糖売りがいたらしい。

「俺に声をかけてきたんだよ」

「いや。俺だろう」

三人とも譲らない。今にも喧嘩《けんか》になりそうな雰囲気だった。

「三つともくれ」

月也が鷹揚《おうよう》に言った。

「へい」

かりん糖売りたちは、浅草紙に包んだ商品を月也に渡すと去って行った。

「いくらなんでもこれは多いでしょう」

「あとで皆に分けよう」

言いながら月也はひとつ口に含んだ。

「やはり美味いな」

沙耶に差し出してくる。

行儀悪いと思いつつ口に入れる。さくりとした食感のあとに甘さが口の中にやってくる。行儀の悪さを忘れるくらいに美味しい。

「もうひとついただきますね」

つい手を出した。

「一緒に食べよう」

月也とともにつまもうとすると、不意に後ろから手がのびてかりん糖を持っていった。

「朝からかりん糖とは気楽なもんだな」

背後で声がした。振り返ると、火盗改めの木村晋太郎《きむらしんたろう》が立っていた。木村はやり手の火盗改めである。評判がいいわけではないが手柄はよく立てる。

「こんにちは」

沙耶は月也と一緒に頭を下げた。

「女房と物見遊山《ものみゆさん》とはいい身分だな。かんぬき野郎」

木村は唇を歪めて笑った。かんぬき野郎というのは火盗改めが町奉行所の同心を馬鹿にするときの言葉である。

奉行所の同心は背中にかんぬきをかけたような形で刀を差す。「かんぬき差し」というやつだ。この形だとすぐには刀が抜けない。

つまり「人を殺しませんよ」という意志の現れである。悪人はその場で斬《き》り捨ててもいいという火盗改めからするとなんともぬるい考えだ。

だから火盗改めは奉行所の同心を「かんぬき野郎」と馬鹿にするのである。

「あまり俺たちの邪魔をするなよ」

木村はそう言うとさっさと背中を向けた。

「怖かったな」

月也がほっとしたような声を出した。

「少しおかしいですね」

沙耶が言う。

「何がだ？」

「邪魔をするな、しか言われなかったです」

これはなかなかに珍しいことだ。火盗改めは岡っ引きを連れて歩くことはない。火盗改めが使うのはあくまで密偵だから、普段は小者と二人連れである。

それだけに、たとえ馬鹿にしている相手と会ったとしても、何かしら聞き出そうとする癖があった。

「邪魔するな」だけで去るということは、こちらに何かを悟られたくないということではないだろうか。

深川飯を食べて来いという奉行所からの命《めい》といい、深川で何かが起こっていることは間違いがなさそうだ。

ここはまず、深川飯を食べる以外に方法はないだろう。

富岡八幡《とみおかはちまん》の近くにある路地にまず向かう。牡丹《ぼたん》という少女にしか見えない少年が砂糖漬けの花を商《あきな》っている路地だ。

花ももちろんだが、本人の美少女ぶりが評判になって店はいつも客で溢《あふ》れていた。

「沙耶様！　月也様！」

沙耶たちを見つけると、牡丹が手を振ってきた。

「牡丹。お元気？」

沙耶も挨拶を返す。

「今日はなにかお買い求めですか？」

牡丹の売っている砂糖漬けの花は、口に含んで香りをつける。口吸いなどにはかならず必要になるものだ。そうでなくても口元の香りはお洒落《しゃれ》には欠かせない。

「そうね。いい花があるかしら」

「十月桜はどうでしょう。山茶花《さざんか》もいいですよ」

十月桜はその名の通り十月から咲く冬桜だ。冬に華やぎを与えてくれる。山茶花も生垣《いけがき》に植わっていてなじみが深い。

「十月桜にするわ」

そのほうが気分が明るくなりそうだ。

「はい。これをどうぞ。お二人分あります」

「ありがとう」

花を受け取ると、牡丹のまわりにいた客の少女たちが沙耶に近付いてきた。

「沙耶様ですよね」

「本当に男装してる。格好いいです」

まるで役者かのように囲んでくる。

「触ってもいいですか？」

どう応じていいかわからないまま、好き放題に触られていく。

「あまり迷惑をかけてはいけないですよ」

牡丹がたしなめると、少女たちは慌《あわ》てて沙耶から離れた。基本的に行儀はいいらしい。

「ところで聞きたいことがあるの」

「なんでしょう」

「このあたりに深川飯の美味しいお店はあるかしら」

「深川飯ですか？」

牡丹は怪訝《けげん》そうな顔をして首を傾《かし》げた。

「探しているの」

「そうですね。わたしはあまり詳しくないですが、山本町《やまもとちょう》の『夢や』が評判ですよ」

「ありがとう」

「行けばすぐわかります。行列ができてますから」

牡丹に言われて店に向かうことにした。

山本町は富岡八幡宮のすぐそばで、飲食店が立ち並んでいる。もう昼前だからかなりの人出であった。

夢やというのは行列ですぐにわかった。

「いい匂いだな」

月也が嬉しそうな声を出した。

夢やの客層はかなり雑多である。職人風から商人風までさまざまだ。安くて美味いという評判のせいだろう。

しかし女性客はまったくいない。男性客ばかりなところが少し気になった。しばらく待っているとなんとか席が空いた。

店の前に並んでいる樽《たる》に腰をかける。すぐに店主が出てきた。

「飯二つでいいですか？」

「おう」

月也が答えた。店主は奥に引っ込むと、すぐに丼《どんぶり》を二つ持って出てきた。沙耶の手には余るほど大きい。

これでは女性客は来ないだろう。とてもではないが食べきれるような量には見えない。

「これはいいな」

月也にはちょうどいいのだろう。ざくざくと食べ始めた。

沙耶も口をつける。

「美味しい」

思わず声が出た。飯の上にはバカガイがたっぷりと載っている。そして貝の出汁《だし》がしっかりきいた汁がかけてあった。

飯と貝と葱以外はなにもない。純粋なバカガイの旨《うま》みである。丼のわきに大振りの梅干しが二個添えてある。

月也は梅干しを口の中に丸ごと放り込んで、そのうえで飯を行儀悪くかき込んでいる。この量を全部食べるのは無理だ、と思いながら、沙耶はなんとなく店の客を眺《なが》めていた。

富岡八幡の近くだけに、お参りに来た雰囲気の客が多い。近所からというよりもやや遠くから来ている感じである。脚絆《きやはん》を巻いている姿もある。

それとは別に、近所で働いているらしい大工や鳶《とび》の姿もある。

みなお代わりしそうな勢いで食べていた。

一人そそくさと席を立つ男がいて少し気にはなったが、どう考えてもこの中に盗賊がいそうには見えない。同心や岡っ引きの姿もない。のんびりとは言えないが平和なものである。

「美味かった」

月也がさっと食べ終わってしまう。

「これもどうですか？　わたしには無理ですよ」

沙耶が丼を差し出すと、月也はそれもすぐ食べてしまった。

「よし。行くか」

月也が立ち上がる。

「見廻りして腹を減らそう。次の深川飯のために」

「そのための見廻りですか」

沙耶は思わずくすりと笑ってしまった。

「いや。見廻りは真面目《まじめ》にやるぞ」

月也はそう言うと、表情を引き締めた。箱を持ち上げるとがたがた音がする。

「困ったな。これは」

たしかに困る。がたがたいうだけならまだいいが壊れたらどうにもならない。

「やはり音吉さんに聞いてみましょう」

「そうだな」

二人で並んで歩いていると、前方がなにやらさわがしい。どうやら喧嘩が起こっているようだ。人混みが生まれていた。

「どいたどいた」

月也が人混みをかきわけて前に出る。沙耶も慌てて追いかけた。思った通り喧嘩であった。

二人の男が睨《にら》みあっている。そのまわりにさらに三人の男がいた。全員刺青《いれずみ》が肩に入っていた。

「お前たち、いくらなんでも昼間から博打はないだろう」

月也が呆《あき》れたような声を出した。

「すいません」

男たちは素直に頭を下げている。

「おまけにこれはやるなと言われているだろう」

月也が地面を指さした。小豆《あずき》が転がっている。

ああ。これか、と沙耶は思った。だとすると男たちは貝を獲っている人たちなのだろうか。地面の小豆はそのまま「小豆」と呼ばれる博打の道具である。

漁師が好む博打で、特に名前はない。小豆を使うことが多いから「小豆」である。

椀《わん》に盛った小豆を一摑《つか》みして地面に置き、六個ずつ引いていく。小豆が最後に残った数が五以下になったときが終了である。

　無しから五までのどの数が残るのかに賭《か》けるというものだった。単純なだけに熱中しやすいし、路上でもできるので人気がある。

「すいやせん。つい」

　男たちは頭を下げた。同心に注意されてはどうしようもない。すぐに散ろうとした。

「待て。もう少し聞きたいことがある」

　月也が声をかけた。男たちが少々びくついた顔になる。余計な罪を調べられては面倒だからだろう。

「なんでしょう」

　胴元の男が聞いてきた。

「このあたりに美味い深川飯はないか。穴場がいいな」

　月也に聞かれて、男が気の抜けた顔になった。

「深川飯ですか？」

「美味いのを食いたい」

　男たちは一瞬月也の顔を見つめた。そして、どうやら本気らしいと信じたようだ。

ほっとした顔になった。

「そうですね。普通の人が知らない店がいいでしょう」

「うむ」

「それでしたら小松町《こまつちょう》がいいです。緑橋《みどり》のすぐそば。松賀町《まつがちょう》の隣に小さな町がありましてね。そこで鰯《いわし》を干してるんですが、いい店がありますよ」

「店の名は？」

「そんなものはありません。名前があるような気取った店は高くてまずいですよ」

男の言葉に他の四人も笑った。

「ありがとうな」

月也は礼を言った。それから沙耶の方に向き直る。

「いい話を聞いた」

男たちは安心したように散っていった。が、一人だけ不安そうにこちらを見た男がいた。用心深く月也の方を見ている。

沙耶の視線に気が付くとすうっと消えてしまった。

少なくともなにか悪いことはしているのだろう、と思う。

「では音吉のところに行こう」

「といっても家を知っているわけではないですから。牡丹のところに行きましょう」

そう言って来た道を戻った。

牡丹の店はさきほどよりは空いていた。

「おかえりなさい」

牡丹が嬉しそうに言う。

「音吉さんを探しているのだけれど、知ってる？」

「いまの時分ならお風呂ではないですか。そこで捕まえるといいですよ」

「どこのお湯？」

「女湯の『華乃湯《はなのゆ》』です。山本町の」

女湯はその名の通り女性専用の銭湯である。普通の銭湯の倍の値段がするが、その分ゆったりと入ることができた。

「行ってくるとよい。俺は団子屋で待っている」

団子屋というのは永代橋のわきにある店だ。同心はあまり団子屋に寄らないが、この店は人を見張るのに都合がいいのでわりと利用される。

そのときはみな編笠《あみがさ》をかぶることになっていた。

かえって目立つので月也たちはかぶったことはないのだが。

月也に言われて、沙耶は風呂屋に行くことにした。たしかに普通の場所よりも話はしやすいだろう。

牡丹の店から山本町まではすぐである。猪口橋《いのくち》のそばに風呂屋はあった。

女湯は入浴料が十六文かかるが、中でも華乃湯は二十文だ。銭湯は八文だからかなり高い。それでも人気があるのは気楽に過ごせるからだった。

銭湯なら風呂道具が必要だが、女湯は手ぶらで行っても大丈夫だ。ひとわたり銭湯の側が準備してくれている。

風呂屋に入って服を脱ぐと、浴室に向かった。牡丹の言った通り、音吉がおりんとおたまの妹分二人を連れて湯舟に入っていた。

普通の銭湯の湯の温度は高い。長く浸かっているのは無理である。それに対して女湯の湯はぬるいから、ゆっくり浸かれる。温泉代わりにもなるのがいいところだ。

「沙耶様」

最初に沙耶に気づいたのはおりんだった。

「こんにちは」

沙耶が頭を下げると、音吉が明るい表情になった。

「どうしたんだい。こんなところに」

「音吉さんを探しに来たのです。ここにいると牡丹が言ったので」

「お、嬉しいねえ。沙耶さんが会いに来てくれるなんて」

音吉が華やいだ声を出した。沙耶のことをずいぶん気に入っている。年下なのにまるで姉のようである。

しかし沙耶にはそれが心地よかった。なんとなく頼れる感じだ。

「じつは、月也さんの挟み箱が壊れそうなのです。どう修理したらいいのかよくわからなくて」

「それなら木造り職人がいいよ」

音吉がこともなげに言った。

「木造り職人ですか？」

「そうそう。木に関することならなんでもやってくれるんだ。三味線《しゃみせん》を入れる箱なんかも作ってるからね」

「誰かいい人います？」

芸者は道具にうるさい。だから音吉が紹介してくれるなら安心だ。

「いるよ。最近このあたりにやってきた職人でさ。次郎吉《じろきち》ってのがいるんだよ。まだ三十歳くらいと若いけど、いい腕してるんだ」

「それは頼もしいですね」

職人の世界は修業期間が長い。三十歳で独立しているならなかなかのものだ。

「紹介してあげるよ。腕だけはいいからね」

「腕以外は駄目なんですか?」

「駄目でもないけど、少しだらしない感じがするよ。あ、でもね。酒は飲まないんだ」

「それは珍しいですね」

江戸の男で酒を飲まない人はなかなかいない。特に冬場は体を温めるのに酒は必須ともいえるからだ。

「酒は手元が狂うからいやなんだって。そのかわりいつも唐辛子をかじってるよ」

「それなら真面目な人ではないですか」

「博打にやられちゃってるみたいなんだよ」

音吉は眉をひそめた。

「博打ですか」

沙耶にはわからないが、博打は闇が深いらしい。

「でも、博打だけでお酒を飲まないなら真面目なうちではないですか?」

「博打のよくないのは借金しちまうことなんだ。そうすると無理な仕事を受けて出来上がりが荒れちまうだろう？」

「そうですね」

「まあ、次郎吉はそこまで落ちてはいないみたいだけどね」

「腕がいいなら安心です」

「わかった。早速あたりをつけとくよ」

「そういえば、ついでにというのもなんですが深川飯の美味しい店をご存じないですか」

「どうしたんだい？　深川飯なんて。武家の沙耶さんが食べるものではないだろう」

「美味い店を見つけてこいとお奉行様に言われたのです」

「へえ」

音吉が面白い、というような声を出した。

「そいつはわけありじゃないかい？」

「音吉さんもそう思いますか？」

「思うね。町奉行が何の意味もなく美味い深川飯を探したりはしないだろう。盗賊の溜まり場にでもなっているのかもしれないね」

確かにそうかもしれない。深川飯の店なら武士は足を踏み入れないだろう。岡っ引きならともかく、同心に見つかる可能性は低い。

しかしそれなら、月也にも同心の格好をさせないほうがいいような気もする。奉行の考えは沙耶には読めないものだった。

「深川飯はあたしたち芸者には少々難しいね。食べないから」

音吉は思案顔になった。

「それこそ次郎吉に聞いてみるのがいいだろう。職人の方がよく知ってるよ」

「そうですね」

音吉の言うとおりだ。箱も直してもらえるし一石二鳥である。

「ありがとうございます」

礼を言うと、ざっと体を流して出ることにした。

「なんだい。もう行くのかい」

「月也さんが待っていますから」

「同心に付き合うのも大変だね」

音吉がため息をついた。

「いっそ芸者にならないかい。沙耶さんならすぐ人気出るよ」

「それは無理ですよ。武家ですからね」

「美人なのに」

「ありがとうございます」

素直に頭を下げた。音吉くらいの売れっ子に美人と言われるのは嬉しい。それにお世辞を言う性格でもないだろうから信じられる。

まずは次郎吉という男に会ってみようと思った。

女湯を出ると、永代橋の団子屋に向かう。橋のたもとだけにいつも繁盛していた。この団子屋は火盗改めも使う。橋を渡る人が見渡しやすいためである。火盗改めは編笠をかぶっているからすぐにわかる。

昔は団子屋で食べるなどということは「はしたない」ことだったから、編笠をかぶっている客も多かったらしい。しかし今となっては、火盗改めぐらいのものである。だから彼らはかえって目立っていた。

今日も団子屋には火盗改めが二人いた。団子を食べながら橋の方に目を配っている。やはりなにかありそうだった。

月也はのんびりと団子を食べていた。さっき深川飯をたっぷり食べたはずなのに団子を二皿も食べている。

そのうえ橋の方にもまるで目を配っていない。同心としては問題のあるくつろぎっぷりであった。

それでいて沙耶にはすぐに気が付いたようだ。呑気に手を振っている。

「どうだった？」

「次郎吉という職人が腕がいいそうです。深川飯も彼に聞いたほうがいいということでした」

「そうか」

「近いうちに紹介してくれるそうですよ」

「わかった。では今日は普通に見廻りをしよう」

「はい」

「団子を食べるか？」

「まだお腹はすきませんよ」

沙耶が笑うと、月也は立ち上がった。

「では行こう」

深川は南町の縄張りではないから、沙耶も大体の地理は頭に入っているが日本橋ほどは詳しくない。

とりあえず材木町《ざいもくちょう》の方に向かうことにした。材木町は、昔材木を積んでおくのに使っていた町だ。いまでは普通の町屋が並んでいる。

しかし、人が住んでいるだけで店はほとんどない。昼すぎなどはみな働きに出ているから、いるのは子供と女房。たまに行商人という町である。

定廻りなどはまず足を踏み入れない場所だった。そういう所は火事が起きやすいので、風烈廻りはそれなりに歩く。

といってもまさに散歩のようなもので、緊迫した感じはなかった。

「平和なものだな」

月也が呟《つぶや》いた。

「いいことですよ。物騒なのはいやです」

「そうだな」

月也も大きく頷いた。

「平和が一番だな」

ゆるゆると材木町を抜け、海辺《うみべ》橋という名の橋を渡ろうとすると、長屋の住人が集まっていた。

道端でなにか話し合いをしている。

「どうしたのだ？」

月也が声をかけると、皆ほっとした表情になった。

「よかった。旦那《だんな》、困ってたんですよ」

一人の女性が胸を撫《な》でおろすように言う。

「どうしたのですか？」

沙耶も声をかける。

「あ。あんたたち夫婦《めおと》同心だね」

別の女性が沙耶を呼ぶ。

「これなんだよ」

そう言って差し出されたのは、十両を包んだ小さな風呂敷《ふろしき》だった。

「これは？」

沙耶が聞く。

「差し上げます、という手紙と一緒に道に置いてあったのよ。あ。あたしは麦《むぎ》って言います。よろしく」

「沙耶です。よろしくお願いします」

沙耶は頭を下げた。

「お武家様が町人に頭を下げるって、珍しいね」

麦がにっこりと笑った。

「武家といっても偉いわけではないからな」

月也が大きく頷いた。

「変わってるね」

麦が感心したように言った。

「そうか？」

「自分のこと偉くないなんて言う同心は初めて見たよ」

麦に言われて、月也は声をあげて笑った。

「俺など沙耶がいなければ手柄もあげられないからな」

月也につられて女房たちも笑った。そして気持ちが楽になったようだった。

「差し上げますと書いていても、道にあったものだから落とし物になるのかね。なんせ十両だからね。簡単にはいかないよ」

「そうですね」

沙耶も頷いた。

道に落ちていた金を勝手に持ち帰るのは盗みと同じ扱いになる。十両となると首が飛んでしまう。

落とし物を拾ったら拾った場所に看板を立てたうえで奉行所に届け出る。そして半年たって落とし主が現れなければ、拾った人間のものになる。

案外簡単ではないのである。

「このお金は旦那に預けていいですか?」

麦が言ってきた。

「わかった。預かろう」

月也が受け取る。

「奉行所に届けておく」

それから月也は沙耶に目を向けた。

「一度奉行所に戻る。沙耶は似たようなことが近所で起きていないか音吉や牡丹に聞いておいてくれないか」

「わかりました」

差し上げます、というのは沙耶も気になった。落とし物ではなくて、自分の意志で置いたのかもしれない。

だとしたら誰が、なんの目的でやったかである。

沙耶はすぐに牡丹のもとに戻ることにした。牡丹の店にはもう客はいなかった。

「お帰りなさい」

沙耶が戻ると牡丹は笑顔で迎えてくれた。

「なにかあったのですね」

「ええ。よくわかるわね」

「それはわかりますよ。月也様を置いて沙耶様がお一人ですから」

牡丹がくすくすと笑った。

「少し相談に乗ってほしいの」

「はい。ではここを閉めてしまいますね」

牡丹が店を片付けはじめた。

「いいのよ。急ぎではないのだから」

「もう売るものがないんですよ」

牡丹が笑う。たしかに、店先に商品はもう残っていなかった。

「最近は夕方を待たずに売り切れてしまうんです。でもあまり多く仕込んで余っても困りますからね」

「仕込むということは自分で作ってるの？」

「もちろんです。自分で作るものだから売っているんですよ」

牡丹は楽しそうに声をあげて笑った。自分の仕事に誇りを持っている笑いで、聞いていて心地よかった。

「楽しく仕事してるのね」

「はい。沙耶様のおかげです」

牡丹はそう言うと店を畳んだ。道具を路地の壁に立てかける。

「そんなところに置いておいて平気なの？」

「こんなもの誰もとらないですよ」

牡丹は自信たっぷりに言う。たしかに路地の店の道具を盗んでも使い道はありそうになかった。

「どちらに伺《うかが》えばいいですか？」

そう言われて少し迷った。牡丹と話そうとは思っていたが、どこで話すかは考えていなかった。

「どうしよう」

「では、門前仲町《もんぜんなかちょう》の金沢屋《かなざわや》はどうですか。あそこは店の中でもお菓子が食べられますし」

「混んでいるのではないの？」

「平気ですよ」

牡丹は自信ありげに沙耶の前に立った。それから少し照れたような表情になる。

「隣を歩いてもいいですか？」

「もちろんよ」

牡丹が沙耶の隣に並んだ。こうやってみても少女にしか見えない。沙耶には妹はいないが、気持ちとしては妹のようなものである。

「わたしは身寄りがないから、こういうたわいもないことが嬉しいのです」

「わたしのことは姉だと思っていいのよ」

言いながら、思わず手を握りしめる。牡丹の手は華奢《きゃしゃ》だったが、手の大きさはやはり少年という感じがした。

「ありがとうございます」

牡丹は手を握られるままに歩いていた。

金沢屋に着くと、牡丹は沙耶から手を離して店の中に入っていった。すぐに手招きする。

店に入ると、奥に座敷があった。

「秘密の部屋なんですよ」

牡丹が楽しそうにくすくすと笑う。

「こんな部屋があったのね」

中に入って感心する。部屋は六畳くらいの広さである。部屋には小窓がついていて、通りを覗《のぞ》けるようになっていた。

「火盗改めが使うのですね？」

沙耶は店主に確認した。火盗改めは目立つから、あちらこちらの店に隠れ家を用意している。そのうちのひとつに思われた。

「御名答です。同心の方ならお使いになられてもいいと思いまして」

たしかにここなら普通の客は入らない。

「こんな場所をよく知っていたわね。牡丹」

「これでも歳のわりには物知りなんですよ」

牡丹が誇らしそうな顔になった。たしかによく知っている。年齢のわりに苦労しているということもあるのだろう。

「お菓子を用意して参ります」

店主が部屋から出た。

その間に、沙耶は小窓から外を眺める。人の顔よりも足ばかりに目が行く。だが、足だけ見るというのは案外発見があるものだ。

旅をしているとか、どうやらお参りに来たらしい、あるいは近所からやってきたなど、なんとなくわかる。

草履《ぞうり》に草鞋《わらじ》。下駄《げた》。雪駄《せった》。足半《あしなか》という半分だけの草履の者もいる。かかとを地面につけないで歩く人用のものだ。

火盗改めなら、足だけで盗賊と見分けがつくのかもしれなかった。いまは冬だから、足袋《たび》を履《は》いている者も多い。

そのうち素足に雪駄を履いている者が通りかかった。誰だかわからないが同心であることは間違いない。

雪駄の金具をじゃらじゃらさせて体をゆらしながら歩いている。供に小者一人と岡っ引き二人を連れて歩いていた。

「ちょっとどこかで小遣いでもせしめるか」

同心の声がした。

「そうですね。少しゆすってやりましょう」

岡っ引きの声もする。

ゆすりか。沙耶は苦々しく思った。このあたりは北町奉行所の管轄である。同心は金がないとゆすりをする。町人に難癖をつけて金を巻き上げるのである。そのせいで町人に嫌われる同心も多かった。

月也はゆすりはしない。その代わり貧乏に耐えることにしていた。町人から金を巻き上げて贅沢《ぜいたく》をする気はないし、沙耶も賛成であった。月也がいやがる行為を目の前の同心がするかと思うと、気分が悪い。

定廻りかとも思ったが、足取りからすると隠密廻りだろう。定廻りはもっと素早く真っすぐに歩く。縄張りを回るのに忙しいからだ。隠密廻りは縄張りがないから、なんとなくふらふらと歩くのである。

これは手を抜いているわけではない。定廻りが見つけられないような事件を見つけるためにゆっくりと歩くのである。

足だけ見るのはやはり、なかなか面白い。

そう思っていると店主が菓子とお茶を持って入ってきた。

「どうぞ」

「ありがとうございます」

沙耶は頭を下げた。

「いえいえ。食べて美味しかったら喧伝《けんでん》してください」

店主が笑みを浮かべる。

「任せてください」

店主が出してきたのは羊羹《ようかん》であった。ただし、小豆色一色ではない。白と小豆色が重なった二色の羊羹だった。割り箸《ばし》が添えてある。

「変わっていますね。上側はなんでしょう」

「これは甘い豆腐なんですよ」

店主が答える。

「甘い豆腐ですか」

「清国《しんこく》のほうでは甘くして食べるようで」

出された羊羹に手をつけた。

上の豆腐の部分はふわふわしていて、羊羹よりも柔らかい。箸ですっと切ることができた。下の羊羹もかなり柔らかい。

「柔らかいお菓子ですね」

「はい。本来は店で出すものではないのです」

「どういうことですか？」

「下の羊羹は本当は捨てるものなのですよ」

「捨ててしまうのですか？」

「はい。この羊羹は、餡子《あんこ》を作ったときに出る捨てる部分を水で煮詰めたものなのです。味は淡いですが柔らかい」

たしかに普通の羊羹よりもずっとふんわりした感じがする。豆腐も絹ごしよりもさらに柔らかい感じがした。

たしかに甘みは普通の羊羹よりも淡い。口に当たるときのふるふるという感触が淡い甘みとよく合っている。

「美味しい」

「でもまだ試している段階なので店では出していません」

「そんなものをいただけるなんて、ありがとうございます」

「いえいえ。まだ売り物にならないものを食べていただいて、こちらこそありがとうございます。ごゆっくりなさってください」

店主が部屋から出ていった。

「本当に美味しいわ」

「そうですね」

牡丹も頷いた。

「それはそれとして、どうかなさったのですか？」

牡丹が尋《たず》ねてくる。

「そう。実は不思議なことがあったのよ」

沙耶は材木町でのことを話した。

牡丹は黙って最後まで聞くと、ぽつりと言葉を発した。

「盗賊ですね。それは」

「盗賊？」

「はい。盗んだ金の一部を庶民に分けるんです。義賊《ぎぞく》というやつでしょう」

義賊か。沙耶は少し考えた。義賊というのは聞いたことはある。金持ちから盗んで貧しい者に金を分け与えるらしい。

実際には噂だけで、本物の義賊は現れたことがない。しかし現に金を置いていっているのだから、今回の盗賊は本物のようだった。

「いったいなぜ、貧しい者にお金を与えるのかしら」

「理由は知りませんが、いい人でないことだけは確かですね」

牡丹があっさりと言った。

「いい人ではない？」

「盗賊ですから。自分だってもちろん儲《もう》けているんですよ。少しばかり人に与えたって大したことはないでしょう。万が一の時に自分の罪を軽くしたいんじゃないですか」

「そうね。そんな気もするわ」

そう考えるとたしかにいい人ではない。金を置いていかれた住人だって盗んだ金となると困ってしまうだろう。

親切の押し売りはありがたくない。

「でも、盗賊という話などまるで聞こえてこないわ」

盗賊の話なら、奉行所の中でも噂として出る。いくら月也がぼんくらと言われていても聞かないはずがない。

つまり、奉行所では扱わないなにかがあるということだろう。

「どんな人が義賊になるのかしらね」

思わず牡丹に聞いた。

「それはわたしにはわかりませんよ」

牡丹が軽く笑った。

「それはそうね。ごめんなさい」

「謝るようなことではないでしょう」

牡丹は今度は楽しそうに笑った。

「頼ってもらえるって、すごく嬉しいです」

「そうなの？」

「なんだか必要とされている感じがするでしょう。わたしを気にかける人間なんて世の中にそうはいないですからね」

牡丹はなんだか寂しそうだった。音吉が前に言っていたが、不幸な育ち方が関係しているのだろう。

「わたしが五倍。ううん。十倍牡丹のことを必要とする」

沙耶は勢い込んで言った。

「十倍ですか？」

「ええ。その分迷惑かけるかもしれないけど、いい？」

「いくらでも」

牡丹がくすりと笑ってから、口元を右手でおさえた。

「今日は笑ってばかりです。十年分くらい笑った気がします」

「明日はもっと笑いましょう」

沙耶が言うと、牡丹は不思議そうな顔をした。

「それは、明日も会うということですか？」

「しばらく深川に通うから」

「深川飯ですか？」

「ええ」

「まったく不思議な命令ですね」

「わたしは、さっきのお金と関係があると思うの。深川飯と盗賊はきっと関係してる」

そうでなければこんな不思議な命令は出ないだろう。

「何の関係があるんでしょうね」

牡丹も不思議そうな顔になった。

「とにかくしばらくは深川に通うから。よろしくね」

「はい」

牡丹が大きく頷いた。

それにしても謎が多い。奉行所に行った月也は新たな手がかりを摑めているのだろうか。沙耶は月也に思いを馳せた。


その頃。

月也はまさに奉行である筒井の前で平伏していた。目の前には布に包まれた十両がある。

「これが長屋の前に置いてあったということか」

奉行が重々しく言った。

「さようでございます」

「ここだけか？」

「ここだけ、とは？」

「近隣にも十両が置いてあるということはないのか？」

「まだわかりません。一応調べてはいますが」

「続けて探せ。いいか、これだけではないはずだ」

「はっ」

月也は慌てて部屋を飛び出していった。

筒井と伊藤は月也が出ていくと顔を見合わせた。

「やはりこうなったか」

筒井が口を開いた。

「鼠小僧《ねずみこぞう》ですね」

「うむ」

鼠小僧というのはまだ奉行所内でも限られた者しか知らないが、最近現れた盗賊である。大名屋敷と寺社しか狙わない。人数もわからない盗賊だった。

ただ、鼠の絵を残して逃げていくので鼠小僧と呼ばれている。

「紅藤は気が付かなかったようだが、十両を包んだ紙にも鼠の印が入っておる」

「犯人はなぜ手がかりを残すのでしょう」

伊藤が腕を組んだ。盗賊には自分の「印」を残したがる者が少なからずいる。しかし、町人に金を渡してまで印を残すのはやりすぎだろう。

「だれから盗んだ金か、が問題だな」

筒井が苦々しそうに言った。

「届けはありませぬからな」

「当然だろう。鼠小僧は武家や寺社ばかりを狙うらしいからな。武家なら面目があるから届け出ることはないだろう」

「寺社は」

伊藤があえてという様子で聞いた。

「寺社なら後ろ暗いところがあるだろうよ」

寺社は、さまざまな大名から金を預かっていることが多い。そして預かった金を元手に金貸しをして儲けている。

幕府は寺社による金貸しにはいい顔をしないから、寺社としては盗賊に入られても届けにくいという事情がある。

そして後ろ暗い寺は往々にして用心棒を雇う。寺の敷地を賭場《とば》として貸し出し盗賊に狙われるのを防ぐのである。

「悪党が悪党とつるんで悪事を働くのは止めたいところだ」

筒井が言うと、伊藤も大きく頷いた。

「だからといって盗賊が許されるわけではないがな」

筒井が大きく息をついた。

「しばらくは紅藤の女房殿に期待しよう。我々の望みをかなえてくれるとしたら女房殿くらいなものだろうよ」

「まったくですな」

そして二人は静かに笑みを浮かべたのであった。


二日後、沙耶は牡丹と深川にいた。

「月也様はこちらに参られるのですか？」

牡丹が聞いてきた。

「ええ。頃合いを見計らって永代橋の団子屋に行くことになっています」

「では、そこで待っていてください。音吉姐《ねえ》さんから聞きました。すぐに職人を連れて参ります」

牡丹はそう言うと沙耶から離れた。どうやら木造り職人を連れてきてくれるらしい。

沙耶はゆったりとあたりを見回しながら永代橋に向かう。

永代橋のまわりはとにかく人が多い。そしてかけ声も多かった。橋を渡って一息ついたところでなにか飲みたくなる人が多いからだろう、それを狙ってさまざまなものを行商している。麦湯や甘酒はもちろん、酒や焼酎《しょうちゅう》を売り歩く者が多い。

だからそこらで立ったまま飲んでいる連中も多かった。冬は寒いから、体を温めながら歩かないと凍《こご》えてしまう。

まずは熱燗だが、甘酒も人気だった。甘酒は本来夏の飲み物だが、江戸では冬も大人気である。

「あまーちゅうー」

かけ声が響いた。

あまちゅうというのは焼酎の甘酒割りだ。焼酎を熱い甘酒で割って飲む。体が温まるので昼間からかなりの人気である。

ただしけっこう強いのに飲みやすいから、飲みすぎてしまう人もいる。

深川はお参りの客が多いが、ちょっと岡場所に寄るという客も多い。もちろん働いている人もたくさんいて、雑多な様子を見せていた。

沙耶はなんとなく人々の足を見ながら歩いていた。先日店の中から見た光景が目に焼きついている。

人の顔もだが、足の表情もなかなか面白い。

そんなことを考えながら歩いていると、ひときわ個性的な足があった。着物のすそのけだしの部分に桜をあしらって、元気よく歩いている。思わず目がひきつけられるような粋《いき》な歩き方である。

履物《はきもの》は下駄で、赤い紅絹《もみ》がよく目立つ。

「なにかおかしなものでもついてるかい？」

不意に声がした。

「あ。音吉さん」

沙耶が見とれていたのは音吉の足だった。

「顔じゃなくて足を見るなんて、どうしたんだい？」

「音吉さんの足が粋だったのでつい見とれてしまいました」

沙耶は正直に答えた。

「そうかい。嬉しいね」

音吉は素直に嬉しそうだった。

「牡丹はまだかい？」

「音吉さんもここで待ち合わせなんですか？」

「ああ。次郎吉を呼びに行かせたからね。それまで団子でも食べようじゃないか」

音吉はそう言うと団子屋に向かった。おりんとおたまも一緒である。店は混んでいたが、人数分の席がすぐさま空いた。

それまで座っていた客がゆずってくれたのである。

「さ。座ろう」

音吉は当たり前のように座った。

「いいんですか？　なんだか申し訳ないです」

「いいんだよ。ここにあたしたちが座るだけで値千金なんだからさ」

音吉は悠然としていた。

団子屋の主人がすぐにやってくる。

「なにか見繕《みつくろ》っておくれでないかい」

音吉がそう言うと、店主は店の奥に下がった。

すぐに団子を持ってくる。

音吉は一口食べると、笑顔で声を出した。

「この団子は美味しいね」

その瞬間。

「俺もあれをくれ」

と、周りの客が団子屋に一斉に注文した。飛ぶように団子が売れていく。

「すごい」

沙耶は感心した。

音吉が座るだけで店が今までよりも繁盛する。売れっ子芸者というのはそこにいるだけであたりが華やかになるということだ。

「お代はいらないって、きっと言われるよ」

音吉が、くすりと笑った。確かにそうだろう。音吉が座るだけで売り上げが何倍にもなるのだから。

そのかわり視線が痛い。そこらじゅうから注目されているのがわかる。沙耶もついでに見物されているらしい。

「沙耶さんも見られてるよ。別嬪《べっぴん》だしね」

音吉は気分がよさそうである。

「音吉さんは見られてても堂々としているんですね」

「芸者だからね。見られるのも仕事のうちだよ」

音吉はゆったりと構えている。

沙耶のほうは視線に負け、小さくなって団子を食べた。

「沙耶さんだってすぐに人気者だよ。そんなに美人で、男装なんかしてればさ」

「男装は関係ないでしょう」

「なに言ってるんだい。ここは深川だからね。男装も女装も大人気じゃないか。そんなこと言ったら牡丹なんてどうなるんだい」

たしかにそうだ。牡丹は少女の格好をしているが少年だ。牡丹の店の客もそれを知ったうえで牡丹と仲良くしている。

そう考えれば、男装の小者というのはなかなか刺激的かもしれない。こういうときにおどおどしていては、月也に迷惑がかかるだろう。

沙耶はきちんと背中を伸ばして恥ずかしくない姿勢になった。

ほどなく牡丹が次郎吉を連れてくる。

「こんにちは」

次郎吉は人のよさそうな笑みを浮かべていた。

「はじめまして」

沙耶は挨拶を返した。

「あ。どうも」

次郎吉は人懐《ひとなつ》こい表情をしていた。なんとなく安心できる笑顔である。ただ、どこかで見覚えがある顔のような気もした。

次郎吉がやってくるのとほぼ同時に月也もやってきた。

「お。あのときのお前が職人か？　よろしく頼む」

月也は次郎吉を見つけると頭を下げた。

「困っているのだ」

次郎吉は、月也を見ると驚いたような顔をした。

「どうかしたのか？」

「いえ。お武家さんは同心ですよね」

次郎吉は月也を上から下まで見た。月也の格好はどこからどう見ても同心だから、間違いようもない。

黒の羽織に刀はかんぬき差し。足は素足に雪駄である。あきらかに同心だ。

「同心に見えないか？」

「いえね、格好ではなくて態度がですよ」

それから次郎吉は軽く咳払《せきばら》いをした。

「まさかと思いますが、俺に代金もお支払いなさるおつもりで？」

「当然だろう。仕事してもらって代金を払わぬことがあるか」

「同心の方はたいてい払いませんよ。踏み倒します」

次郎吉が当たり前のように言う。

「なぜ文句を言わないのだ」

「言えるわけないでしょう」

次郎吉は真顔で言った。

「同心の旦那がその気になれば俺は歩いてるだけで捕まります。俺らにいやがらせしようと思ったらなんでもできるんですよ。我慢するしかない」

たしかに同心のいやがらせは、町人にはどうしようもない。取り調べと称して番屋に連れていくくらいは造作もないことだ。

もちろん無体なことをしたとわかれば厳罰である。しかし露見《ろけん》することなどはまずないから、同心はやりたい放題とも言えた。

「とにかく俺は代金は払う。なんとかなりそうか」

次郎吉は挟み箱を調べると頷いた。

「すぐ直りますが、道具が足りない。明日もう一度この時間にここでいいですか？」

「うむ。いいだろう」

「では明日」

そう言うと次郎吉は去っていった。

「あ」

沙耶は思わず声をあげた。

「どうした？」

「深川飯を最初に食べたときに店にいた客です。後ろ姿に憶《おぼ》えがあります」

「そうか。あそこはいい店だからな」

月也が大きく頷いた。

「それに、店の近くで博打をしていたうちの一人ですよ。今思えば同じ人です」

あのとき少々不審な様子だったのは、同心が嫌いだったからだろう。沙耶は納得した。

「それにしても愛想がないね。麦湯の一杯も飲んでいけばいいのに」

音吉が不満そうに言った。

「いつもあんな感じなんですか？」

「いつもはもう少し朗《ほが》らかだよ」

そうすると、やはり同心が苦手なのだろう。

「いいではないか。それより仕事だ」

月也がうきうきした様子で言う。

「深川飯ですか」

「そうだ」

月也は真面目な顔を沙耶に向けた。

「これもお役目だからな」

まったく役目という雰囲気ではない様子に、沙耶は思わず笑ってしまった。

「おかしいかな？」

月也が少し恥ずかしそうな顔になった。

「いいえ。まったくおかしくないです。お役目ですから」

「うむ」

月也は胸を張って歩き出す。

音吉たちに礼を言い、月也と並んで歩きながら、どうして深川飯なのだろうとあらためて考えた。深川飯を探すということは深川を回るということだ。

つまり、深川にはいまも盗賊がいて、次の獲物を狙っているということになる。しかしそれと深川飯の関係がわからない。

盗賊が深川飯を食べにくるというのがわかっているなら、捕まえるのは簡単だろう。かといって奉行所があてずっぽうな命令を出しているとも考えにくい。

そもそも月也に言ってくるということは、定廻りにも隠密廻りにも命じていないということになる。つまり、届けの出ていない盗みなのだ。

もしかしたら、犯人は捕まえたいが事件にはしたくないのかもしれない。

そこまで考えてから、気分を変えることにした。考えすぎるとかえって行き詰まってしまう。

「今日は、評判ではない店に行ってみるのはどうですか」

「美味しくないのではないか？」

「深川に美味しくない深川飯なんてないでしょう」

沙耶は答えた。

もしそんな店があったら一日で潰れてしまう。評判になるというのは噂になるかどうかの問題でしかない。

だから評判になっていなくても続いている店にかえって穴場がある気がした。

「でもまずは材木町の長屋に行きましょう。皆、心配しているでしょう」

「うむ。そうだな」

月也が頷く。住人たちは気が気ではないだろう。

材木町に着くと、すぐに女性たちが飛び出してきた。

「どうだった？」

「奉行所には届けました。大丈夫です」

「よかった」

麦と名乗った女房が胸を撫でおろした。

「こんなことで罪に問われたのではたまらないからね」

「それにしても、誰がここに置いたんでしょう」

沙耶が思わず呟く。

「まるでわからないね。そもそもなんでここなんだろう。何もないところなのに」

麦が首を傾げた。

たしかに材木町に置くというのは不思議なことだ。材木町は昔は材木を扱っていたが、いまでは住居だけで、蕎麦屋の一軒もない。店と言えるのは豆腐屋だけというかなりさびれた町である。

わざわざ金を置いていくには向いていない。もし目立ちたいならもっと別の場所を選びそうなものだった。

もしかしたら、犯人は近所に住んでいるのかもしれない。

そうだとすると深川飯というのは、犯人の住んでいる地域に偶然通りかかって圧力をかけるための指令かもしれなかった。

つまり、奉行所にも犯人の予想はついていないということだ。

「そういえば、このへんに評判になっていない深川飯の店はありますか？」

沙耶が尋ねると女性たちが怪訝そうな顔をした。

「評判じゃない店ってのはなかなか難しいね」

麦が言う。

「あ、あれじゃないかね。なん八にもあったじゃないか」

「なん八？」

「飯屋さ。一皿なんでも八文《もん》だからね。人気だよ」

なん八食堂は最近人気の食堂である。安くて量もそこそこある。たいていは口入《くちい》れ屋の近くに店を開いていた。

「口入れ屋か……」

月也がいやそうな顔をする。

月也は口入れ屋が嫌いである。というよりもそこに集まる人間が嫌いだ。口入れ屋にもいろいろあるが、大名や武家の小者を斡旋《あっせん》する所も多い。

そしてそういうところに仕事を探しに来る人間はたいてい気性が荒い。月也も何度も小者を世話してもらっているが、いい思いはしていなかった。

そのおかげでいまは沙耶が小者になっているわけだ。

そして同心と見るとからんでくる連中も多い。よけいな揉《も》め事が起きがちということもあって口入れ屋のまわりは嫌いなのである。

「今度牡丹でも誘ってみますよ」

沙耶が言うと月也はほっとした表情になった。

「そうだな。すまない」

「そうだ。いい深川飯を思いつきました」

「なんだ？」

「わたしが作ります」

沙耶が言うと、月也は顔をほころばせた。

「嬉しいがけしからんな」

「なにがですか？」

「沙耶の深川飯が一番美味いに決まっている」

そう言って月也は嬉しそうに笑ったのだった。

ことことと、鍋がいい音を立てている。

そして湯気が豊かな香りをあたりに漂わせていた。

深川飯はバカガイを煮て汁ごと飯にかけるだけの単純な料理だ。薬味をどうするかという以外は貝の質による。

しかし貝の旨みを全部出すには、飯にかけるよりも雑炊《ぞうすい》にした方がいいのでは、と思いつく。だから沙耶流の「深川飯」はバカガイと飯を一緒に煮込んだものだった。

バカガイは旨みが濃い。しかし香りがやや淡いので、葱を使うのがためらわれた。

そこで沙耶は薬味に蕪《かぶ》を使うことにした。蕪をすりおろして一緒に煮るのである。

蕪のやや土臭い匂いがバカガイと不思議と合った。

それに千切りにした生姜を少々入れると、バカガイの香りを邪魔せずにうまく引き立ててくれる。

あとは酒である。日本酒を惜しまずに使うのがコツだ。そうすると旨みが大きく増す。酒の風味が味を豊かにしてくれるのだ。

大振りの梅干しを二個添えると月也のもとに運んだ。

「お。いい香りだ」

月也が大きく息を吸った。

「沙耶も早く」

「先に召し上がっていてくださいね」

そう言うと、自分の分も手早く運ぶ。沙耶のほうは梅干しは一個だけだ。二個は沙耶には少々多い。

居間に行くと月也はまだ手をつけていなかった。

「どうしたのですか？」

「一緒がいいではないか」

月也はそう言うと、沙耶が座るのを待った。

「いただきます」

沙耶が言うと、大きく頷いた。

「うむ。いただきます」

言うが早いか雑炊を口にする。

「美味いな」

月也が嬉しそうに言った。

沙耶も続いて手をつけた。バカガイの味が口いっぱいに広がる。米の一粒にまでしっかりと旨みがしみ込んでいた。

蕪の風味がいい具合に貝の味を引き立ててくれる。

合間に少しずつ食べる梅干しも刺激を与えてくれる。

「我ながら美味しいです」

「うむ。これを超えるものはないだろう」

月也はざくざくと食べてしまうと丼を突き出した。

「お代わり」

「はい」

沙耶は丼を手に立ち上がった。月也が一杯ですむとは思っていなかった。だからお代わり用の工夫もしてあった。

二杯目用には味噌だ。味噌に薬研堀《やげんぼり》を加えたものを深川飯に混ぜ込む。味がぐっと濃厚になる。

一杯目でこれをやると貝の味を邪魔するが、二杯目だと味噌の味がいい風味を与えてくれる。

「どうぞ」

月也に渡すと、またたく間にたいらげてしまった。

「美味すぎて酒を飲む暇《ひま》がなかった」

月也が少々残念そうに言う。

「いまから召し上がりますか？」

「いや、いい。もう眠くなった」

　そう言うと月也は大きくあくびをした。

「美味い深川飯が見つかるといいな」

　能天気に言うと、月也は寝所に向かった。

　沙耶も洗いものをすませると寝所に向かう。月也はもうすっかり眠ってしまっていた。無防備で安らかな寝顔である。

　隣に体を横たえると、月也の寝息が聞こえた。

　この寝息は安心できる子守歌のようだ。そう思いながら、沙耶も静かに目を閉じたのだった。


　そして翌日。

　時間通りに次郎吉はやってきた。

「よろしくお願いします」

　次郎吉は頭を下げた。

　今日は音吉は一緒ではなくて、牡丹だけが隣にいた。

「すぐやりますね」

そう言うと、次郎吉はその場ですぐに直してくれた。素晴らしい手際である。

「見事なものだ」

月也も感心した声を出す。

「これで大丈夫です」

次郎吉が箱を渡してくれる。見事に直っていて、がたがたいうことはなくなっていた。

「一分《ぶ》です」

「うむ」

なかなかの値段であるが、それだけの腕があるのだろう。

「ではこれを」

月也が一分を払う。次郎吉はその金を受け取ってから、にやりと笑った。

「嘘ですよ、旦那。二朱《しゅ》です」

そう言うと、次郎吉はおつりを返してきた。

「だめですよ。簡単に人を信用したら」

「すまぬ」

「気を付けてください。職人だからって本当の値段を言うとは限りません」

そう言って次郎吉は説教した。

どう口を挟んでいいのかわからず、沙耶はつい黙って見てしまった。

「ところで旦那。ひとつ相談があるんです」

「なんだ？」

「じつはですね。俺は盗賊なんです」

「なんだと？」

月也が思わず目を剝《む》いた。

「とある親分のところに世話になっているんですがね。そろそろ足を洗いたいんですよ」

思わぬ告白に、月也と沙耶は顔を見合わせた。

「それでお前はどうしたいのだ？」

「親分を含め、一味の盗賊を捕まえるのと引き換えに、罪を許してほしいのです」

たしかに次郎吉の言う通りにすれば、奉行所に協力したということで次郎吉は重い罪にならずにすむかもしれない。

「なんという親分のもとで働いているのだ」

「地鼠の銀次郎《ぎんじろう》親方です」

「地鼠か」

月也が唸《うな》った。

その名前は沙耶も知っている。誰も傷つけない良心的な盗賊ではあるが、一度に相当な額を盗んでいく。

そのせいで潰れる店もある。

まったく証拠が残らないので奉行所も手を焼いていた。

もし地鼠が捕まるのであれば、次郎吉くらいは見逃してもいいだろう。

「本当ならたしかに大手柄だ。しかしなぜ俺に言うのか。他にいい同心はいくらもいるだろうよ」

月也が言うと、次郎吉はいまいましそうに首を横に振った。

「旦那以外に信じられる同心なんていないですよ。隠密廻り、北町の山内《やまうち》って同心なんて、金をゆすることしか考えていないです」

沙耶は、牡丹と菓子屋の窓から見た光景を思い出した。

たしかに同心を信用するのは難しいかもしれない。

「それで、地鼠はもう次の狙いはつけているのか」

「はい」

次郎吉は大きく首を縦に振った。

「日本橋小舟町《こぶなちょう》の茶問屋、白子屋《しらこや》にございます」

白子屋といえば全国から銘茶を集めて商っている評判の店である。かなり潤《うるお》っているそうだ。

そのうえ小舟町は川がすぐそばにあるから逃げやすい。目をつけるという意味ではなるほどいい店である。

「わかった。お前を信じる。どうすればいいのだ」

「では俺の住んでいる場所を教えます。それとこちらがつなぎを取る方法を教えてくだせえ」

「ではわたしの店に来てくだされぱいいです」

牡丹が言った。

「ああ。花売りの。わかった」

次郎吉が頷いた。

「俺は奉行所に行ってくる。沙耶はもう少し次郎吉の話を聞いておいてくれ」

そう言うと月也はさっさと行ってしまった。

「人のいい旦那ですねえ」

次郎吉がやや呆れたように言った。

「あれで盗賊が捕まるんでしょうか」

「でも、月也さんがいいと思ったのでしょう？」

「そりゃそうですよ。あんなお人よしで同心なんてやってるんだから。捕まりたいと思ってはいないですが、どうせ捕まるならああいう人がいいねえ」

次郎吉は肩をすくめた。顔を見ても嘘という感じはしない。月也は盗賊に同情されてしまっているようだ。

「ところで、どうして盗賊を抜けようと思ったの？」

「じつは、好きな女ができまして」

次郎吉が照れたように言った。

「俺みたいなうだつのあがらない職人でもいいって言ってくれるんです」

所帯を持つために盗賊から足を洗いたいらしかった。

「でも、親分を捕まえて自分も一味だってわかったら、簡単に見逃してはもらえないのでは？」

「そこは旦那と御新造様に口添え願いたいところです」

「わたしたちに」

「駄目ですか？」

それはどうなのだろう。次郎吉の言い分は少々厚かましい気がした。しかし、人生を懸けてのことである。

仕方がないとも言えるだろう。

「わかった。月也さんに頼んでみます」

「ありがとうございます」

「それで、仲間は何人いるの？」

沙耶が言うと、次郎吉は表情を曇らせた。

「それがわからねえんですよ」

「どういうこと？」

盗賊は結束して仕事にあたる。だから人数も含めて、仲間同士での話し合いはかなり密度が高い。

人数も知らないということはまずなかった。

「地鼠の親分は、仲間を班で分けてるんですよ。五人で一組なんだ。盗みのたびに集められるんですけどね。自分の班以外はわからないんでさ」

指示を出す人間だけが把握していればいいということだろう。人数が多いと、一人捕まれば一網打尽《いちもうだじん》になってしまう。

誰かが捕まったとしても五人の犠牲ですむ仕組みを作ったということだ。

「親分がどこにいるのかわかるの？」

「わかりません。親分はぎりぎりまで子分になにも教えてくれないからね。あたりをつけた店以外はよくわからないんです」

「それだと人望がないのではないの？　盗賊の仲間というと家族のようなものなのでしょう？」

沙耶が言うと、次郎吉は声を上げて笑った。

「さすが夫婦だ。御新造さんもお人よしですね」

「わたしも？」

沙耶は思わず聞き返した。たしかに世間知らずと言われればそれまでだが、そこそこしっかり者の気持ちではある。

それに、自分の言ったことが間違っているようには思われなかった。

「盗賊は家族のような集まりではないんですか？」

「そういう連中もいないわけじゃないですがね。盗賊の家族は金ですよ。人じゃない」

次郎吉はやや投げやりに言って、乾いた笑みを浮かべた。

「人間同士のつながりなんて信じてる奴は盗賊になどならねえんですよ」

その言葉は沙耶には悲しく聞こえた。どう返していいかもわからないから、聞きたいことを聞くことにする。

「では、班の人たちとも連絡はとらないのですか？」

「それはとりますよ。班での会合はあるから」

「その場所は教えてもらっていい？」

「だめです」

次郎吉はあっさりと言った。

「どうして？」

「そんなことして、もし同心や岡っ引きがうろついたらどうするんですか？　すぐに引きあげちまいますよ。俺たちも仕事だ、偶然通りかかったのか見張っているのかは雰囲気でわかります」

たしかにその通りだ。見張るにしてもバレたらおしまいである。ここは次郎吉を信じておくしかない。

それにしてもなんともとらえどころのない計画である。次郎吉の言葉だけを信じる捕物帳《とりものちょう》ということになりそうだった。

であるならば、相手を信じられないのでは話にもならない。沙耶は素直に次郎吉の言葉に従うことにした。

「わかりました。手順は任せます」

「ではまたご連絡します」

次郎吉はそう言うと、沙耶のもとから去っていった。

「なんだかすごいのね、盗賊って。でもああいう人でも好きな人ができると足を洗いたくなるものなのね」

沙耶は感心して息をついた。

「いいえ。沙耶様。あいつはまったく改心してません。用心してください」

「そうなの？」

「はい」

牡丹は自信ありげに頷いた。

「どうしてそう思うの？」

「金が家族だと言いました。そういう人間が好きな相手のためだけに盗賊をやめようと思うでしょうか」

「でも、それは盗賊全体の話で、次郎吉さんのことではないのでは？」

「いいえ。あれは自分のことを言っているんですよ」

「そうなの？」

「わたしには彼の気持ちがわかりますから」

牡丹はやや沈んだ声で言った。

「誰も信じることができずに生きているとああなるんです」

そう言ってから、牡丹は沙耶に笑顔を向けた。

「いまは平気ですよ。沙耶様もいるし音吉姐さんたちもいます」

「わたしはいつでも牡丹の味方よ」

言いながら次郎吉のことを考える。だとすると、どうして盗賊から足を洗いたいと思ったのだろう。

だが、盗賊を捕まえる機会があるならそれに越したことはない。月也がどういう話を奉行所でするのかにもよるが、おそらく事件は月也の扱いになるだろう。

「月也さんが戻るまでは時間があるわね。二人でどこかに行きましょう」

沙耶が言うと、牡丹が嬉しそうな顔になった。

「どこがいいですか？　わたしはどこでもいいですよ」

「お参りに行きましょう」

「お参りですか？」

「そう。案外お参りしないじゃない。この辺に住んでると」

沙耶に言われて牡丹がくすくすと笑った。

「たしかにそうですね」

沙耶と牡丹は並んで富岡八幡に向かった。日の出ているうちはとにかく人混みの中を歩くようなものだ。

参拝客で溢れていた。

それに交ざって岡っ引きがふらふらしている。掏摸《すり》を見つけて捕まえるためである。富岡八幡で掏摸を捕まえるのには意味があった。

掏摸は基本的に貧乏人からは掏《す》らない。岡っ引きとしては金持ちと知り合ういい機会というわけだ。

岡っ引きには給金はない。だから小遣いをくれる金持ちを捕まえておきたいのである。

沙耶には掏摸は見つけられないが、岡っ引きのほうはわかる。あたりをじろじろと見ながら十手をひけらかしているからだ。

月也はあまり岡っ引きを使わない。性格的になじまないらしい。だから沙耶は岡っ引きとはあまり接することはなかった。

柄《がら》が悪い岡っ引きだが、掏摸を防ぐ役目は果たしているだろう。

沙耶は牡丹とともに賽銭《さいせん》を入れて手を合わせた。

みんなが幸せになりますように、と思う。牡丹を見ると、まだ目をつぶって手を合わせている。

牡丹は目をあけると沙耶のほうを向いて笑顔になった。

「お参りなんて久しぶりです」

「わたしもよ」

それから周囲を見回した。いくらなんでもこの人混みでは疲れてしまう。どこか休む場所があると助かる。

「お休みになりますか？」

牡丹が聞いてきた。

「ええ。温かい甘酒でも飲めるといいのだけれど」

「それならいい店がありますよ」

牡丹が自信たっぷりに前に立って歩いた。

これだけ混んでいる場所に空いている店があるのだろうか。疑問に思いながら歩いていくと、牡丹は一軒の家に入っていった。表長屋ではあるがあきらかに個人の家である。

「こんにちは」

牡丹が迷わず進んでいく。

牡丹が入ったのは門前仲町の向かい、東仲町《ひがしなかちょう》の表長屋である。どう見ても民家にしか見えない。

「沙耶様、どうぞ」

牡丹が家の中に招き入れる。

おそるおそる入ると、表からは民家に見えるが中は茶屋であった。数人の客が楽しげに甘酒を飲んでいる。

客はほとんどが女性だった。

「空いてるのね」

沙耶は驚いて店の中を見回した。外の店はどこもいっぱいだというのに、全然違った雰囲気である。

「ここは本来は店ではないのですが、店として使っているんですよ」

牡丹が得意げに言う。

「どういうことなの？」

沙耶は店の中にある木の樽に腰をかけながら牡丹に聞いた。

「この辺は参拝客が多すぎて、地元の人が店から締め出されてしまうんですよ。だからこうやって知らない人が入れない店を作っているんです」

たしかにこれは便利である。

「この場所はどうやって借りているの？」

「普通に住居として借りたものですが、大家さんに話して店にしたそうです」

大家と地主が納得すればどんな使い方をしてもいいのだ。

この形は皆にとって助かるだろう。料理も出せるようだし、ゆったり過ごせる。

「こういう店は多いの？」

「そう多くはないですが、何軒かはありますよ」

「店をやっているのも女の人なのね」

「亭主はたいてい働きに行っていて、昼の時間におかみさんがやってるんです。夜になると普通の長屋に戻るんですよ」

昼だけの店というのは、なかなかいいかもしれない。

「いらっしゃいませ。沙耶様ですよね」

甘酒を持って店主がやってきた。店主といっても年齢は沙耶と変わらない感じだ。

「はい。あなたは？」

「あけびと言います。よろしくお願いします」

あけびと名乗った女性は頭を下げた。

「ここはいい店ですね」

「隠れ茶屋って言うんですよ」

あけびは楽しそうに笑った。

「たしかに隠れてますね」

「こうやっておくと、亭主の稼ぎがなくても大丈夫ですからね」

あけびは笑った。

たしかに店が繁盛すればそれだけでも生活できるだろう。店の中を眺めながら甘酒を飲む。外が寒いから甘酒が体にしみる。

「寒いときの甘酒は格別ね」

飲んで店の中を見ながらふと思った。

こういう店に協力してもらえば盗賊を見張れるのではないだろうか。しかし知らない人にいきなり協力してもらうのも気が引ける。

さりげなく常連になって様子をさぐるのがいいと思えた。

「食べるものもあるのよね？」

思わず訊いた。月也がここに来るならなにか食べたがるかもしれない。

「もちろんです」

あけびが胸を張った。

「食べますか？　そこらの店には負けないですよ」

「それは今度にします。今日は甘酒で大丈夫です」

あけびは少し残念そうな表情になった。どうやら自信があるらしい。

「ここは音吉さんも知っているの？」

牡丹に訊くと横から、

「はい。贔屓《ひいき》にしていただいてます」

あけびが嬉しそうに言った。

「もっと早く知っておけばよかった」

「月也様は外が見えたほうがお役目にはいいでしょう」

牡丹が言う。

たしかに月也の仕事から言えば永代橋の団子屋のほうがいい。今日は沙耶だけだからここに連れて来たのだろう。

「ねえ。こんな店で盗賊を見張れないかしら」

「それは難しいですね」

牡丹が首を横に振った。

「こういう店は隠れているからいいのです。外を見張れるようにしたら評判になってしまって台無しですよ」

「それもそうね」

なかなか難しいものだ。しかし、気持ちとしては捨てがたい。

考え込んでいると、牡丹が困った顔をした。

「なんとかしたいのですね」

「ええ。なにかいい方法はないかしら」

「そうですね。店をどう借りるかなどということはわかりませんが、屋台ならいいのではないですか」

「この季節では寒いんじゃないかしら」

「腰かけとつい立てがあれば平気ですよ。要するに座りたいんですから」

「そうね」

たしかに腰かけがあればそれでいい。そのほうがあたりが見渡せていいだろう。ただし月也がいては用心されてしまう。

ここは喜久《きく》をはじめとするおかみさんたちに頼むのがいいだろう。次郎吉の班の集会場所でも、女だけで見張るならバレない気がした。

「牡丹。次郎吉さんに班の集会場所を教えてもらうように頼んでみて」

「わかりました」

牡丹が頷いた。もちろん次郎吉は簡単には教えてくれないだろうが、訊いて悪いこともないだろう。

それにしても班同士しか顔もわからないというのは、なかなか用心深い。しかしそれで本当に手下をまとめきれるのだろうか。

同時に次郎吉は、彼が思うほど簡単に裏切れないような気がする。こう言ってはなんだが地鼠のほうが格上のようだ。

うかつなことをして次郎吉が危険にさらされなければいいのだが、と思う。

「どうかしたのですか？」

牡丹が訊いてきた。

「裏切りなんてして、次郎吉さんは危なくないのかなと思ったの」

沙耶の言葉に牡丹が笑い出した。

「危険に決まってるじゃないですか。盗賊を裏切るんですよ」

あまりにも当たり前のように言われて、あらためて考える。確かに盗賊の集団を裏切って奉行所に売るのだから、危険は承知の上だろう。

盗賊を裏切らなかったとしても捕まったら死刑だ。そう考えると抜けたくなる気持ちも充分にわかる。

次郎吉にとっては越えなければいけない線なのだろう。

「そうね。とにかく何をおいても盗賊を捕まえましょう」

沙耶はそう言うと、家に戻ってまず月也に相談してみようと思った。

そして、ふと思う。

「また今度、一緒にこの店に来たいわ」

牡丹に言うと、牡丹は笑顔で頷いた。

「もちろんですよ」

家に戻る前に、小舟町に行ってみようと思い立った。月也はまだ奉行所から帰らないだろう。

牡丹と別れて永代橋を八丁堀の方に渡る。橋を渡ったすぐのところに高尾稲荷《たかおいなり》がある。頭痛に効くと評判なのでいつも人だかりがある。

その脇を抜け、橋を渡って南新堀町《みなみしんぼりちょう》を歩く。組屋敷のあたりと違って川沿いはさまざまな店が立ち並んでいる。畳屋が多いのでいぐさの匂いがした。

川沿いは春に歩くとすごく気持ちいいが、冬場はとにかく寒い。歩いていると昼間でも凍えてしまいそうである。

それを狙ってか、麦湯や甘酒、それに酒の屋台があちこちに出ていた。熱燗を求める人々がそれぞれの屋台の周りにたむろしている。

そのとき、

「お寿司はどうですか」

おっとりした声がした。

角寿司《かどずし》の喜久の声である。角寿司は、押し寿司を作って道の角で売る。だから角寿司という。

喜久は夫と一緒に寿司屋を営んでいる。寿司を作るのと運ぶのは夫。かけ声が喜久である。

角寿司は男一人の事が多い。そのほうが足も速いし小回りがきくからだ。しかし喜久たちはあえて夫婦でやっている。

理由は簡単で、喜久のかけ声がいいからだ。喜久は美人でもあるが、とにかくほっとする声の持ち主でもある。

だから「お寿司はどうですか」と声をかけられるとつい買ってしまう。看板娘というよりも、「看板声」といった感じがする。

「こんにちは。沙耶様」

喜久が笑顔で話しかけてきた。

「どうしたのですか。このようなところで」

興味津々《しんしん》な様子で訊いてくる。

「ただ歩いてるだけですよ」

「そうですか？」

喜久が首を傾げた。深川から日本橋に行くときに南新堀町を通るのは自然なことだ。どうかしたかと言われるのは不思議だった。

「普段となにか違ったことがありましたか？」

「いつもより足が速いです。それに沙耶様はあたりを見回しながら歩くことが多いのに、今日は真っすぐ前を見て歩いていたでしょう？」

喜久に言われて、自分ではまったく意識していないことが他人からはよく見えるものだと思った。

いずれにしても喜久には話しておこうと思っていたからちょうどいい。

「じつは捕物に力を貸してほしいのよ」

沙耶が言うと、喜久が目を輝かせた。

「もちろんです。どんな捕物なんですか？」

「地鼠という盗賊がいるのだけれど」

「大物ですね」

「どうして知ってるの？」

「瓦版《かわらばん》で見ました」

喜久が嬉しそうに言った。

瓦版はまったくあてにならない。特に似顔絵は本人とは全然関係のない絵師の作り物である。

「瓦版ではどんな人が描いてあるの？」

「長い尻尾《しっぽ》のいい男ですよ」

やはり信用はできないようだ。

「じつは、押し込み先はわかっているの」

「どこですか?」

「小舟町にある茶問屋の白子屋さんよ」

沙耶が言うと、喜久は大きく頷いた。

「ああ、あそこですね。わかります」

「名前を聞いただけでわかるの? 有名な店なのかしら」

「ええ。有名です。小売りもするんですよ」

喜久が言う。寿司屋だけにお茶にも詳しいのだろう。

「なにか変わったお茶でも売っているのですか?」

「ええ」

喜久が説明する。

「乾燥させた果物を混ぜたお茶を売ってるんです。いちじくや柿なんかが入っていて人気なんです」

「それは美味しそうね。喜久さんも買うの?」

「うちは一番まずくて味のないお茶を買いますから」

「まずいお茶を？」

沙耶は思わず訊き返した。

「ええ。寿司はね、いいお茶は駄目なんですよ。質の良いお茶は甘みがあるでしょう？　寿司の味を殺してしまうんですよ。寿司にはまずいお茶です」

「そうなのね」

「薄ーく淹《い》れるのがコツなんです」

「うちもやってみようかしら」

沙耶は少し興味をそそられた。

沙耶の家は白湯《さゆ》が多い。というよりも同心の家ではたいてい白湯である。お茶はたとえ番茶であっても贅沢品には違いない。

だからなにかいいことがなければお茶は淹れないし、妻の方はまず飲まない。

「今度月也さんにお茶を買ってみようかな」

少量なら沙耶の稼ぎでも買えるかもしれない。

「繁盛してる店なら盗賊も狙いやすいかもしれないですね」

「それにお茶は軽いでしょう。お金だけじゃなくて上等のお茶を盗めばそれもお金になりますよ」

たしかにそう考えるとお茶の店はいい獲物だ。

「それよりもお寿司はどうですか？　今日はいいのが入ってるんですよ」

「どんなお寿司なの？」

「鯊《はぜ》です」

「鯊。それはいいわね」

鯊は上品で美味しい魚だ。しかし煮ることが多く、寿司になるとは考えなかった。

ちなみに鯊は屋台の天ぷら屋でも人気がある。

「では月也さんのと二人分いただきますね」

「ありがとうございます」

喜久から寿司を受け取った。

「それはそうと、しっかり一枚嚙《か》ませてくださいよ」

喜久が嬉しそうに言う。

「明日どうですか。伊勢《いせ》の湯で」

伊勢の湯は大伝馬町《おおでんまちょう》にある銭湯だ。以前にもおかみさんたちに集まってもらって作戦会議をやった。

「そうね。お願いしていいかしら」

「はい。では昼の九つでどうでしょう」

「わかったわ」

沙耶は返事をすると白子屋に向かう。

霊岸橋《れいがんばし》、海賊橋《かいぞくばし》、江戸橋と渡って小舟町のほうに向かっていく。

米河岸《こめがし》を通ると、米よりも乾物の匂いが強い。このあたりは乾物屋も多いから、鰹節の匂いがするのである。

米河岸から小舟町は近い。やはり乾物屋が多いのが特徴だ。

茶屋は少なくて、並びには白子屋しかない。そして行列ができているのですぐにわかった。「変わり茶」という看板が出ている。

値段を見ると少々高い。お茶の値段はまちまちなのでなんとも言えないのだが、一斤《きん》で四百文である。

もっと高いお茶もあるが、庶民が買うような安い茶なら一斤で六十文ほどである。

いずれにしても同心が買えるような値段ではない。

客を見るかぎり武家はまったくいない。全員が町人である。武家はほとんどが倹約しているから、高い茶などは買わない。

沙耶はしばらく行列を眺めていた。ふと気がつくと、いつのまにか自分が注目されていることがわかる。

慌てて白子屋の前から立ち去った。

いくら月也と一緒ではないといっても、男装をした姿で立っていては目立ってしまう。もう少し自然に様子を見られる人が見張るべきだろう。

とりあえず家に戻った方が良さそうだった。

明日の作戦会議で相談しようと決める。

今日のところは家で月也を待つことにする。

日が落ちてしばらくすると月也が戻ってきた。冬なので帰ってくる時間は夏よりも早い。時刻は同じだが、夏よりも冬の方が夜が長いからである。

「ただいま」

月也はやや硬い声で言った。

「どうしましたか？」

沙耶は入り口まで迎えに出ると、月也の顔を覗き込んだ。

「なかなか大変なことになったよ」

月也の顔は真剣である。

どうやら奉行所でしっかりと話し合いをしてきたらしい。

「今回のことを任されたのですね」

「そうだ。それにひとつわかったことがある」

「なんでしょう」

「地鼠というのは、俺が前に捕まえた火鼠の金五郎の親戚らしい」

月也が困ったような表情を見せた。火鼠は、月也の初の捕物相手だ。まさか今回の相手がその親戚とは意外である。

「一族で盗賊をやっているのでしょうか」

「そうかもしれないな」

「その人は放火はしないのですね」

「うむ。地鼠の由来はその盗み方にあるらしい」

「まずは中に入ってください。一杯つけます」

沙耶は月也を中に入れると熱燗の準備をした。

冬の夜はとにかく熱い酒である。

「今日はあれにしてくれ」

月也が言う。

「わかりました」

あれ、というのは酒のお湯割りである。熱めに燗をつけると、温めた酒の匂いがやや強くて、むせてしまうことがある。

その上早く酔いが回るから、話が終わる前に酔ってしまう。

だから最近は、酒を白湯で割って飲むことが多かった。

これなら熱燗よりもかえって温まる。

大根を短冊に切って塩で揉む。上から鰹節をかけると、これだけでもう酒のつまみにはちょうどいい。

それから寿司を持って行った。

「お。寿司か」

月也が嬉しそうな表情になった。

「喜久さんから買ったのです」

「あそこの寿司は美味いからな」

包んである竹の皮を開く。

「おお、鯊か。美味しそうだな」

言いながらも、まずは大根に手をつける。そして酒の白湯割りを飲んだ。

「温まるなあ」

ほっとしたように言った。

「沙耶も飲むとよい」

月也に促されて沙耶も一杯口をつける。

酒の味は大分薄くなっているが、淡い旨みが口の中に広がる。白湯の熱さが胃の中に伝わって心地よい。

熱燗よりもお湯割りのほうが沙耶としては好きかもしれない。

そして寿司に箸をつけた。鯊はしっかりと酢で締めてある。塩味がついているので、醬油をつける必要はなかった。

鯊の香りと身の甘みが、酢と塩で引き立っていた。飯にもしっかりと味がついている。飯のほうはやや甘くしてあって、鯊の塩味といい具合である。

その脇に生姜の千切りが添えてあった。一口食べてみるとぴりぴりと辛い。どうやら生姜のぬか漬けらしい。

「これは美味いな」

辛いものが好きな月也が声をあげた。

「つまみとしてもいける」

「わたしのもどうぞ」

沙耶は月也に生姜を渡した。美味しいが沙耶には少々刺激が強い。

「たまには寿司もいい」

言いながら月也はさらに酒を飲む。

「奉行所ではどうだったのですか?」

月也が酔う前に話をしておこうと声をかける。

「うむ。あの地鼠という奴はなかなかの悪党らしい」

月也は話しはじめた。

地鼠は、大きな盗みを働くためにまずあちこちで小さな盗みをおこなう。五つくらいの盗みが続いたあとに仕事をするのだ。

だから気配は感じられるのだが、小さな盗みのほうに岡っ引きの力が注がれて、大きな盗みが成功してしまう。

手口がわかっているのにまったく防ぐことができない。岡っ引きとしても、目の前の事件を放っておくことはできないからだ。

それに、奉行所は起こった事件には対応しても、まだ起きていない事件を解決することはできないのである。

「今回は本丸を俺たちで攻めることになった。いつもの通り小さな事件が成功していれば油断するだろうからな。盗みの当日に捕まえる」

月也が意気込んで言った。

「そうですね」

だとしたら、今日白子屋を見に行ったのは少々不用意だったかもしれない。目星をつけられていると思ったら、警戒するだろう。

それともいっそ顔なじみになったほうがいいのだろうか。それなら相手も安心するかもしれない。

「それで、白子屋の常連になれとの仰せだ」

月也は目の前に三両置いた。

「安心して茶が買えるようにというお達しだな」

「ありがとうございます」

沙耶は金を手に取った。これがあれば客として通える。

「しばらくは別行動だ。俺まで行くとさすがに警戒されるからな」

「わかりました」

沙耶は頷いた。

あとは明日の作戦会議でみんなに聞いてみよう、と思う。

月也は酒を飲んで温まると眠くなったらしい。さっさと寝所に行った。

沙耶は片付けものをしながら、なんとか地鼠を捕らえて次郎吉を助けてあげようと思ったのだった。

そして翌日。

沙耶は伊勢の湯に向かっていた。冬とはいえ日本橋は人通りが多い分なんとなく暖かい。大伝馬町は賑《にぎ》やかで、木綿《もめん》問屋が特に多い。二十軒近い木綿問屋が軒を連ねていた。

それにともなって針問屋や糸物問屋なども多い。

衣服の町という感じである。

伊勢の湯はその中にあった。なかなか人気の銭湯である。布を扱う人はよく風呂に入るから、いつも賑わっている。

ただし正午あたりは店が忙しいため、客が少ないのである。

沙耶が着く頃には、ちょうどよく客は少なかった。

服を脱いで浴場に入ると、喜久はもう中にいた。

「お待ちしていましたよ」

笑顔で沙耶に挨拶する。

その周りに、夜鷹《よたか》蕎麦の清《きよ》。高利貸しのお種《たね》。そしてこの銭湯のおかみのお良《りょう》がいた。

「小舟町の事件なんですってね」

お良が目を輝かせる。

「まだ事件ではないのよ」

「これから起こる事件を解決するなんて、格好いいじゃないですか」

お種も言う。

「でも、起こってない事件なのだから、難しいと思うの」

沙耶が言うと、喜久がくすくすと笑った。

「でも小さい事件は起こるのでしょ?」

「そうよ」

「それならそちらで手がかりは見つかるんじゃないですか」

「どういうこと?」

沙耶は訊き返した。

「相手は名うての盗賊ですよ。そう簡単には尻尾を出さないでしょう」

沙耶が言うと、お種が首を横に振った。

「小さな事件では尻尾を出してきますよ。沙耶様」

「どうしてですか？」

「だって、何か掴ませなければ奉行所の気が散らないじゃないですか」

たしかにそうだ。

だとすると、班で分けているのは尻尾を切るためなのかもしれない。

「でも、どうやって尻尾を掴めばいいのかしら」

「そこは任せてください」

お種が胸を張る。

「高利貸しが役立ちます」

「どういうこと？」

「高利貸しは質屋とも懇意《こんい》にしてますからね」

「質屋ですか？」

沙耶は首を傾げた。

沙耶は質屋には詳しくない。生活に苦しくとも質屋を使うのははしたないからだ。

だから実際に質屋がどういうところかはわからない。

「質屋を盗賊が使うのですか？」

思わず訊く。

「ええ。使いますよ」

お種が答えた。

「それだと質屋は犯罪者の手先でもあるということですか？」

沙耶が言うと、全員が声をあげて笑った。

少々世間知らずなことを言ってしまったのがわかる。武士の社会にいると、町人なら誰でも知っていることを知らなかったりするのだ。

「世間知らずですね。恥ずかしい」

沙耶は顔を赤らめた。

「いえいえ、とんでもない。質屋なんて知らないほうがいいんです」

喜久がきっぱりと言った。

「そうですか？」

「沙耶様はいまのままが一番ですよ」

喜久は心からそう思っているようだった。

「質屋のことは、わたしが説明しますね」

お種が言った。

「盗賊は金を盗みますが、同時に金目のものを盗んでいくことも多いのです。そしてそれを質屋で金に換えるんです」

確かにそれなら簡単に金に換わりそうだ。

「質屋は怪しいと思うことはないのでしょうか」

「きちんとした質屋なら怪しいものは扱わないのですが、許可をとっていない『脇質屋』というものがあるのです。そこは賭場で負けた客の身ぐるみなども扱うのですよ」

結構きわどい質屋ということだろう。

「そういう場所に根回しをしておけば、盗品が流れてきた時にわかるという寸法です」

「盗品だとわかって扱ってるということかしら」

「もちろんですよ。掏摸からも物を買いますからね」

お種は悪びれずに言う。

「お種さんもかかわるの？」

沙耶に言われてお種は首を横に振る。

「わたしは高利貸しですからそういうことはしないですよ。善良なものです」

沙耶は頷きつつ言う。

「白子屋はどうしましょうか」

沙耶が言うと、清が手を上げた。

「それはわたしがやりましょう。店を出すのにちょうどいいですからね」

たしかに夜鷹蕎麦なら、夜に店を出しても自然である。

「小舟町のあたりは夜遅くまで客がいるんですよ。今は冬だから夜に熱い蕎麦を食べたいって客も多いんです」

「わたしも協力できますよ」

お良が言う。

「銭湯の客をよく見張っておきますね」

「見張ると盗賊がわかるの？」

「ええ。なんとなくは」

お良が自信ありげに言う。

「盗賊と普通の人ってお風呂の入り方が違うのかしら」

「そうですね。多少の違いはあります。今までに何度も奉行所に協力してきたんですよ」

お良はそう言うと、楽しそうに笑った。

毎日客を見ているといろいろなことがわかるらしい。

「怪しい人を見つけたらどうするのですか？」

「顔を憶えておきます。それに、盗賊のために来るような人は常連ではないですからね」

確かに近所の人は毎日やってくるだろうから、顔を知らない人が来るだけで怪しいと感づくこともできるだろう。

後は次郎吉と話してみることにする。次郎吉の班がなにをするかで状況がわかるというものだ。

風呂からあがると、深川に向かう。

牡丹に次郎吉へのつなぎを取ってもらうためだった。

それにしても風が冷たい。今年はそろそろ雪が降るかもしれないと思う。同心は薄着なので沙耶も厚着はしていない。

しかしそれだと寒すぎる気がした。

なんとか外見を変えずに暖かくなる方法を探すべきだろう。やせ我慢をしていると風邪《かぜ》を引きそうだった。

牡丹のところに着いたときにはすっかり体が冷えていた。風呂に入ったあとだけに典型的な湯冷めである。

「沙耶様、顔色が悪いですよ」

牡丹が心配して声をかけてきた。

「ちょっと湯冷めしたかもしれない」

「大変です。ここからだと音吉姐さんの家がいいでしょう」

牡丹がすぐさま店を畳《たた》んだ。

「こちらに」

音吉の住んでいる蛤町《はまぐりちょう》に案内してくれた。音吉は、芸者たちが固まって住んでいる長屋にいるようだ。

戸を開けると、土間のところでおりんが料理をしていた。

部屋の真ん中にある長火鉢の後ろに音吉はいた。

「どうしたんだい」

音吉が慌てたように言った。

「湯冷めをしたようなんです。すいません」

沙耶が頭を下げる。寒気がする。

「風邪だね。とにかく暖かくしないと。おりん、酒を温めな」

「はい」

音吉はすぐに沙耶を二階に連れてあがった。

「とりあえずあたしの布団に寝ておくれ」

すぐに布団に寝かされる。

それでも寒気が止まらない。

しばらくして酒が運ばれてきた。熱めに燗をつけた酒だ。砂糖が溶かしてあるらしく、少し甘い。

「酒を飲んだらこいつを飲みな」

そう言うと、今度は熱いお茶を出してくれた。

「柚子《ゆず》茶だよ」

柚子の香りが高いお茶だった。飲むと体が少し温まる。

音吉は沙耶の額に手を当てた。

「熱が出てるね。今日はここで休むといい」

音吉が真剣な表情で言った。

「でも、月也さんの夕食を作らないといけません。少し休めば平気です」

「そんなこと言って倒れたらどうするんだい。食事ならおたまにでも作らせるさ」

「でも」

「でもはなし。月也の旦那が文句言うわけないだろう」

おたまが絞った手拭いを持ってあがってきた。額に当ててくれる。ひんやりとした感触が気持ちいい。

「寝ていてください。いま薬を作ります」

体の上に布団を何枚も重ねられると少し落ち着いた。気持ちよくなって少し眠ってしまう。

目が覚めると、けっこう汗をかいていた。

下に降りていくと、音吉とおりん、そして牡丹がいた。

「目が覚めたのかい」

音吉がほっとした声を出した。

「はい」

「熱は？」

音吉が額をつけてくる。それから顔をしかめた。

「まだあるね」

「すいません」

「謝らなくていい。まだ寝てな。おりん、寝巻きを出して」

「はい」

おりんがてきぱきと準備をしてくれる。

「手拭いで汗を拭いたら着替えて。その間に食べるものを作るから」

口を挟む隙《すき》もない。

おりんはすでになにか作っているらしい。葱と生姜の香りが部屋の中に漂っていた。ここは素直に甘えておこうと思った。

それにしても、いくら寒いからといって風邪を引くなど珍しい。最後に風邪を引いてから五年は経っている。

寝巻きを受け取って二階に上がり、体の汗を拭いた。それから布団に戻る。

しばらく体を休めていると、おりんがやってきた。

「お粥《かゆ》をどうですか。ここに運びましょうか」

「お願いします」

布団から体を起こすと頭を下げた。

おりんがお粥を持ってきてくれた。

「風邪のときの葱粥です」

丼にお粥が入っている。お粥の上には葱がどっさりとかかっていた。お粥が見えないほどである。

「すごい葱ね」

思わず笑ってしまう。

「これはよく効くんですよ」

食べてみると、醬油で味がついていた。どうやら鰹で出汁《だし》をとってから米を煮て作ったらしい。

生姜の味もしっかりとする。体を温めるために葱と生姜を煮出しているようだ。上にかかっている葱は煮たものとは別に刻んだのだろう。

たしかにこれは温まりそうだ。

お粥には少しとろみがついていた。

「美味しい。とろりとしているんですね」

「葛《くず》を使っているんです。風邪にはいいですよ。体が温まります」

おりんが得意そうに言った。

葛のとろみもあいまって、食べていると体がぽかぽかとしてきた。

「食べたらお休みください」

おりんに言われて、素直に横になった。

そういえば盗賊というのは夏と冬とで違うのだろうか、と思う。夏は暑くて大変かもしれないが、冬の寒さのほうが厳しいだろう。手がかじかんでしまったらうまく盗みが働けない気がした。

次郎吉はどうやって解決しているのだろう。

そんなことを考えている間に再び眠ってしまったのだった。

目を覚ますともう朝になっていた。体がすっきりしている。横を見ると音吉とおりん、おたまが眠っていた。

おりんとおたまは同じ布団に入っている。沙耶が布団を使ったせいだろう。

月也は昨日は平気だっただろうか、と思いながら体を起こした。

「おはようございます」

おりんが声をかけてきた。

「風邪の様子はどうですか」

「ありがとう。もうすっかりいいわ。おりんちゃんのお粥のおかげよ」

「それはよかったです」

「今日は次郎吉さんと話してみようと思うの」

「そう思って牡丹に言ってあります。正午に山口庄次郎《やまぐちしょうじろう》に席をとってありますよ」

おりんは手回しがいい。

山口庄次郎は深川でも評判の鰻《うなぎ》屋である。以前に一人娘のさきを助けたことがあって、沙耶には特別に恩義を感じているためいろいろと便宜をはかってくれる。次郎吉と話すにはちょうどいいと言えた。

それに蛤町から近く、病み上がりの体でも無理は少ない。

「もう少し横になっていてください」

おりんに言われて素直に従う。

「そういえば聞きたいのだけれど」

「なんでしょう」

「芸者さんは寒さ対策はどうしているの？」

芸者は粋な仕事だ。野暮ったい厚着などはしない。だから寒いには違いなかった。

「でかける前に温石《おんじゃく》を巻いていくんですよ。これなら外からは見えませんから」

おりんが笑顔になる。

たしかに石を温めて腹に巻いておけば、かなり暖かいだろう。

沙耶もそれは使おうと思った。

「盗賊も温石を使うのかしら」

おりんは少し考えて答えた。

「使う気がしますね。そうじゃないと凍えてしまいます」

「だとすると、押し込みに入る店の近くから出てくるということね」

温石は温まるが、そんなに長い間熱を保てるわけではない。だからかなり近くで用意してからでかけるということだろう。

そんなことを考えている間に時間になった。

「おはようございます」

牡丹が迎えに来る。沙耶は手早く着替えると下に降りた。

「大丈夫ですか。沙耶様」

心配そうな顔を向けてきた。

「もうすっかり大丈夫よ」

音吉はまだ眠っているから、あまり騒がないようにする。

「お茶を飲んでいってください」

おりんがお茶を淹れてくれた。

お茶には生姜と砂糖が入っていた。甘くて飲みやすい。

「昨日の柚子茶も、この生姜茶も、白子屋さんのお茶なんですよ」

なるほど。これなら行列ができるのもわかる。朝一杯飲むだけで風邪を防げそうな感じがした。

奉行所からお金をもらっているから、あとで早速買ってみようと思った。みんなに配ってもいいだろう。

お茶を飲んで体が温まったところででかけることにする。

「本当に大丈夫ですか？」

牡丹がおずおずと手をのばしてきた。

「もちろんよ」

笑いながら牡丹の手を取る。牡丹の手は温かい。手を引かれているとなんだか妹と歩いているようで楽しかった。

山口庄次郎に着くと、さきが店の前まで迎えに出てくれた。

「いらっしゃいませ」

さきが嬉しそうな様子で店の奥に案内してくれる。

「最近お越しにならないので寂しかったんです」

　さきが言う。

「ごめんなさい。でも、鰻はやはり値段が高いから」

　沙耶は素直に言った。同心の給金で鰻は厳しい。

「お代なら気になさらなくてけっこうです。沙耶様と月也様の分はうちが持ちます」

　さきがきっぱりと言った。

「それに、同心の立ち寄る店というのは安全そうでいいんですよ」

　たしかにそれはそうだ。同心がよく来る店は盗賊に狙われにくい。だから同心はただで飲み食いできることも多かった。

　月也はそういったたかりのようなことが嫌いでやっていないが、少数派である。

　奥に通されると、お茶を出される。しばらくすると次郎吉がやってきた。少々渋《しぶ》い顔をしている。

「ここは人気のある店ですね」

「いけないですか？」

「人気のある店の奥に通されるなんて、仲間に見られたら勘ぐられてしまいますよ」

　次郎吉がため息をつく。

「いくつか聞いていいですか？」

沙耶が声をかけた。

「なんでもどうぞ」

次郎吉は隠し事をする気はないらしい。

「まず、一味全員の顔を知っている人は何人いるの？」

沙耶の質問に次郎吉は首を傾げた。

「まあ。七人か八人じゃないかね。班に一人はいるでしょう。あとは親分と、その下の一人か二人でしょうね」

「次郎吉さんは違うの？」

「俺は違うね。だから他の班の頭目に見られても、こちらからはわからない」

沙耶に慣れたのか、次郎吉の口調が少しぞんざいになってきている。それはさておき、つまり、次郎吉も監視される側ということだ。

「まあ、それも俺が抜けたいと思った理由のひとつなんだけどね。俺はあくまでも駒《こま》の一つで、仲間ってわけじゃないんですよ。お互い様ですが」

次郎吉は薄く笑った。

「地鼠は、小さな事件をいくつも起こしてから大きな目的を狙うということだけど、それは本当なのかしら」

「本当です。でも、自分たちの狙っているのが本命なのかも普段はわからないですよ。今回は俺たちが本命だと思うけどね」

たしかに白子屋なら本命だろう。

「その前にどんな事件が起こるかはわかりますか？」

「それは難しいな」

次郎吉が首を横に振る。

「自分たちがかかわらない事件はわからねえ」

「なにかこう、前触れのようなものはないのかしら」

盗みの予兆があれば、罠《わな》を張ることもできるだろう。

「前触れというか」

次郎吉は言葉を切った。

「盗みに入る前に、その店の常連になるな。夫婦を装って何度も店に行くんです」

「次郎吉さんも？」

「ああ。俺は今回は梅《うめ》って女と夫婦役になってますから」

次郎吉が答える。それから照れくさそうな顔になった。

「それで、こう言ってはなんだが梅に本気になったんだ」

どうやら足抜けする理由は一緒に組んでいる女らしい。人を好きになることがまっとうになる理由なら、それはとてもいいことだ。

力を貸したいと思った。

「他の班の人のことはまったくわからないの？」

「そうですね。全然。いや、一人知ってるかな」

次郎吉が思いついたように言った。

「それはどんな人なのですか？」

沙耶は思わず身を乗り出した。とにかく少しでも手がかりが欲しい。

「どんなっていうか。まあ、博打好きな奴ですよ。弱いけどな」

次郎吉が少々馬鹿にしたように笑う。

「次郎吉さんは強いのですか？」

「おう。俺はかなりな」

次郎吉が自慢そうに言う。どうしよう、と沙耶は思った。賭場に潜入するのがいいのだろうか。しかし同心の妻が賭場に行くのはよくない。

いくらなんでも無茶すぎる。

「賭場に連れて行っていただけますか?」

牡丹が口にした。

「お前がか?」

次郎吉が意外そうに言った。

「沙耶様が行くわけにはいきません。わたしならなにかあっても平気でしょう」

牡丹が笑顔で言う。

「大丈夫なの?」

沙耶は心配になる。いくら大人びていても牡丹はまだ子供だ。なにかあったら下手をすれば死んでしまいかねない。

「次郎吉さんが守ってくれるでしょう」

牡丹が次郎吉を見る。

「おう、まあな。俺といれば平気だろうよ」

次郎吉が大きく頷いた。

「ではお願いします。それと、牡丹にも伝えてもらいましたが班の密会場所を教えてください」

沙耶が言うと次郎吉は疑わしそうな表情になった。

「……いきなり俺たちを引っくくったりしないでしょうね」

「そんなこと絶対にしませんよ」

沙耶は思い切り否定した。

「それじゃ地鼠が捕まらないでしょう」

「それはそうか」

次郎吉は納得したようだった。

「柳橋《やなぎ》の双葉《ふたば》という料亭にいますよ。そこが盗人宿《ぬすびとやど》ってわけだ」

「働いている人だけじゃなくて店主も仲間なのですか？」

「そうさ。店主は盗賊ではないけどな。協力はしてくれるんです」

「どうして盗賊に協力するのでしょう」

「儲かるからじゃないかな」

次郎吉は当たり前のように言った。

「盗賊に宿を貸すと儲かるんですか？」

「ああ。普通より払いもいいしな。それに珍しい品を盗んだら店主にも少し渡してやるんですよ」

本来なら仕入れられないような高い品物をただでもらえることもあるのだろう。沙耶からすると人の道を踏み外してまで儲けたいのだろうかという気持ちになる。

しかし柳橋の料亭であるなら、音吉に助けてもらえるかもしれない。

「盗賊の仲間が誰か料亭で働いているのですか？」

「おう。梅が働いてるんだ。そして料亭の客から獲物を選ぶんでさ」

たしかに柳橋の料亭にやってくる客なら裕福なのは間違いない。そうやって獲物を見つけているということだろう。

「次郎吉さんは地鼠さんには会っているのですよね。どのような人なんですか？」

「うん。なんだろう。特徴のない顔立ちをしているんだよ。声も特徴がない。その場にいるときにはちゃんと見えてるんだが、別れると忘れちまうんです」

次郎吉は不思議そうに言った。

「それは妙ですね」

そんな人がいるのだろうか、と沙耶も訝《いぶか》しく思う。

「唯一憶えてるのが、握り飯だ」

「握り飯？」

「握り飯が好きなんですよ、地鼠は。料亭に行ったとしてもかならず最後は握り飯なんだ。酒もそれで飲む」

それはなかなか変わった人だ、と思う。

握り飯はたしかに美味しい。しかしあくまで弁当でのことだ。家の中にいるなら握り飯よりも普通の飯のほうがいい。

作る側としては愛情をこめて握るものではある。しかし家の中で食べるためには作らない。

どこでも握り飯というのは、どういう人なのだろう。

「それは変わった握り飯なのですか？」

「どうだろう。味噌が好きみたいだったけどな」

なんの手がかりにもなりそうにない。そもそも外で誰かが握り飯を食べていたとしても、それが地鼠かどうかなどわからない。

ただ、双葉という料亭は調べたかった。

音吉に相談してみるのがいいだろう。

「お待たせしました」

鰻が運ばれてきた。

次郎吉と牡丹には鰻重である。沙耶には小鍋に入ったものが運ばれてきた。

「沙耶様には『う雑炊』です。お風邪を召されたのでしょう？」

そう言って小鍋の蓋《ふた》をとる。鰻のいい香りが湯気とともに漂った。

「一晩だけだから気にしなくてもいいのに」

そう言いつつも、雑炊は美味しそうだった。

「これは美味そうだな。今度食べたい」

次郎吉が唸った。

「それは沙耶様のための献立ですから、店では出しません」

さきがあっさりと言った。

「そうなの?」

「はい。特別な献立です」

次郎吉に対してさきは笑顔を向けてはいるが、特別な対応をする気はかけらもないようだった。

「うちの鰻重は美味しいですよ。冷めないうちにどうぞ」

さきに言われて、次郎吉は箸を手に取った。鰻を口の中に放り込む。

「たしかに美味いな」

次郎吉が言う。

「たれの味がいい」

「ありがとうございます」

さきが頭を下げた。

沙耶も雑炊に手をつける。生姜の香りがした。鰻を生姜とともにしっかりと煮込んで雑炊にしているらしい。

一度焼いてから煮たらしく、皮に香ばしさがある。そして鰻の肝や葱も一緒に煮込まれている。冬の葱は甘い。鰻と一緒だと、鰻の旨みを吸ってじつにいい味になる。

生姜も加わって、体がとても温まる感じがした。

すっかり食べてしまうと体はほかほかと湯気を立てているかのようだ。

「ごちそうさま」

さきに言うと、さきがさっと御膳を下げてくれた。あらためて次郎吉に問う。

「本当に地鼠の住んでいる場所は知らないのですね」

「そんなに不用心な奴じゃないですよ」

「手がかりがお握りだけとは、心もとないですね」

とりあえずは牡丹に期待するところだろうか。

「賭場にいるお仲間はなんという方なんですか」

「松二郎《まつじろう》って奴ですよ。大きな男でな。顔に刀傷があるからすぐわかる」

「喧嘩っぱやいのですか？」

「そうだな、腕っぷしはいいな。俺はあまり好きじゃねえですが」

次郎吉が頷く。たしかに次郎吉は乱暴な感じはしない。暴力的ではないのだろう。

「その人は女好きですか？」

牡丹が訊いた。

「かなりな」

それを聞くと牡丹が笑顔になる。

「それなら大丈夫です。いい話を持ってきますよ」

「全然大丈夫ではありません。だめですよ、牡丹」

もし牡丹が色仕掛けをしようとしているなら、そんなことはさせられない。

「そのくらいならわたしが行きます」

沙耶の言葉に、牡丹が困ったような表情になった。

「沙耶様には危ないです」

「牡丹もだめです」

沙耶はきっぱりと言う。女好きな男で腕っぷしが強いなら、牡丹を行かせるわけにはいかない。

「いやいや。思い込みで騒がないでくださいよ」

　次郎吉が苦笑する。

「思い込み？」

　沙耶が訊いた。

「さっきは『俺といれば平気』なんてつい言いましたがね、こんな美人連れて賭場になんて行けませんよ。的にされて大負けしちまう」

「そうなんですか？」

「もちろんですよ。賭場に来る女はたいてい商売女だし、お二人みたいに品のある女が来るような場所ではないんだ」

　それから言葉を区切るとあらためて言った。

「男の世界ですよ。それも御新造さんのような男装ではなくて、本物の男じゃないと」

「わかりました。少し待ってください」

　牡丹が立ち上がると部屋を出ていった。次郎吉は不思議そうな顔をしたが、特に気に留めてはいないようだった。

「ところで盗賊から足を洗いたいのはわかりましたが、そもそもどうして盗賊になったのですか？」

沙耶の感覚としては、普通に暮らしていれば盗賊になることはない。何かのきっかけがあるはずだった。

「最初は薬代でしたね。妹の」

次郎吉は苦々しそうに言った。

「薬代ですか」

「ええ。人参《にんじん》が必要だと言われてね」

薬は高い。風邪薬でもけっこうするのに、人参となるとかなりの額だ。というよりも庶民では買えない。

いい朝鮮《ちょうせん》人参を一斤買おうとすると四百両もするそうだ。どう考えても一生縁がないような値段である。

「それで妹さんはどうなったんですか？」

「死にましたよ。盗みはうまくいったが、額が足りなくてね」

次郎吉が悔しそうな顔をする。

したくてした盗みではないのだろう。

「そのあとも盗みを続けたのですか？」

明治11年。深夜の京都、天龍寺。
「武技ニ優レタル者」に「金十万円ヲ得ル機会」を
与えるとの怪文書によって、腕に覚えがある292人が集められた。

告げられたのは、〈こどく〉という名の
「遊び」の開始と、七つの奇妙な掟。
点数を集めながら、東海道を辿って東京を目指せという。

各自に配られた木札は、1枚につき1点を意味する。
点数を稼ぐ手段は、ただ一つ――。
「奪い合うのです！　その手段は問いません！」

剣客・嵯峨愁二郎は、戦いに巻き込まれた
12歳の少女・双葉を守りながら道を
進むも、強敵たちが立ちはだかる――。

死闘、開幕。

「はい。恥ずかしい話ですけどね。一回うまくいくと病みつきになるのが盗みってやつで」

次郎吉が顔を伏せた。しかし、それは単独の盗みであって、誰かの下につくのとは別の話だろう。

「どうして盗賊の仲間になろうと思ったのですか？　一人でおこなっていたほうが都合がいいような気がします」

徒党を組むのは便利な点もあるかもしれないが、盗みの快感なら一人のほうが大きいのではないか。

「怖いんですよ」

次郎吉が言う。

「怖い？」

「自分で計画を立てて自分で実行する。これはね、捕まるかもしれないという思いや、自分を偽って生きること、全部一人で背負わないといけないんです。それがね、重くて怖いから、有名な親分を探すんだ」

「親分が責任を負ってくれるといっても、捕まったらおしまいでしょう」

「それでも一人ではないですから」

次郎吉がため息をついた。

話に筋は通っているような気がするが、違和感がある。もしそうなら、盗賊仲間は家族のようなものになるのではないだろうか。

そうはいっても人間の心は簡単なものではない。

大切なのはまっとうになることだ。

沙耶は次郎吉の言葉を信じることにした。

「お待たせしました」

牡丹の声がした。

目をやると、すっかり少年の姿になっている牡丹がいた。元服前《げんぷく》の若衆姿《わかしゅう》だが、美少年としか言いようがない。

「若衆ならどうですか?」

牡丹の格好に次郎吉は目を丸くした。

「こいつは見事な化けっぷりだ」

「普段のほうが化けてるんです。こちらが素の姿ですよ」

そう言われて、次郎吉はあらためて牡丹を見た。

「そうか。まあ、男ならいいよ。親戚の子とでも言っておく。俺の親戚というには少々美少年すぎるがな」

次郎吉は苦笑した。

「さりげなく松二郎の顔を教えてやる」

「ありがとうございます」

牡丹が笑顔で頭を下げた。

沙耶の目から見ても、牡丹の美少年っぷりにはほれぼれする。さきもそう思っているらしく、眩《まぶ》しそうに牡丹を眺めていた。

「ではよろしくお願いします」

話し合いが終わると、沙耶は音吉のところに寄ることにした。元の美少女姿に戻った牡丹とともに、音吉の家に行く。

「今日のことは内緒ですよ」

牡丹が言った。

「そうなの？」

「まだ男になりたくありません」

少し複雑そうな表情で言う。

「わかった」

そう答えると沙耶はそれ以上はなにも言わなかった。牡丹の事情は牡丹の事情である。心配でも口出しをしていい範囲は守らないといけない。

音吉の家に着くと、戸を開けて声をかけた。

「すみません」

部屋の中にはおりんがいた。

「あら、沙耶様。お帰りなさい」

おりんが笑顔を向けてくる。

「少し音吉さんに相談があるの」

「ではお上がりください」

おりんは沙耶を部屋の中に上げると、音吉を呼びに二階に行った。

「おはよう。相談ってなんだい」

音吉が嬉しそうに下りてきた。

「なんでも言ってくんな。頼みならきくよ」

「でも、ご迷惑をかけるかもしれません」

沙耶が言うと、音吉は目を輝かせた。

「迷惑！　いいね。どんどんかけておくれな」

「迷惑がいいんですか？」

「ああ。だってさ、迷惑かけられるっていうのは、それだけ距離が近いってことじゃないか」

音吉が声をはずませる。

「そうですね。音吉さんにするような頼り方は、他の人にはしないかもしれません」

実際、音吉にはいつもなんとなく頼ってしまう。本来ならば他人にはあまり迷惑をかけないべきなのだが、音吉に対してはそのへんがゆるくなる。

「それで頼みってなんだい」

「じつは柳橋に双葉という料亭があって、そこが盗人宿のようなのです」

沙耶が言うと、音吉は意外そうな表情になった。

「あそこがかい？　にわかには信じられないね」

「ご存じなんですか？」

「よく呼ばれるよ」

音吉はそう言ってから考え込んだ。

「あそこは客筋もいいし、盗みに入られたなんて話も聞いたことがないよ。いくら黙ってるにしても、噂も出ないっていうのは少しおかしいね」

「顧客から盗む先を選んでいるのではないのですか？」

「いや。どうだろうね」

音吉が首を横に振る。

「もし常連の客が盗賊に入られたとしてさ。何人もそんな奴が出てごらんよ。あそこの料亭はおかしいって噂になるじゃないか。それに料亭は自分の客は守ろうとするからね。うちの客の誰のところに盗みに入れなんて、言うとは思えない」

たしかにそうだ。もし、あそこで食事をしたら盗みに入られた、などということが数回続けばもう誰も来ないだろう。

「それは話が合わないですね」

「とにかくさ。しばらく一緒に座敷にあがろうよ」

音吉が嬉しそうに言った。

「わたしがですか？」

「いいじゃないか。沙耶さんならすぐ人気になるよ」

「でも芸者をやるような修業はしてないですよ」

沙耶が首を横に振る。

音吉が声を上げて笑った。

「沙耶さんくらい美人なら芸なんて関係ないよ。美人が芸だって」

「なにか失礼な気がします。三味線を弾けるわけでもないですから」

「最近は弾けない芸者も多いんだよ」

言いながら音吉は少々苛立《いらだ》った表情になった。

「芸者なのに芸がないんだからね」

どうやら、音吉は芸がないのに芸者と名乗っている人が嫌いらしい。だとすると沙耶などは真っ先に失格になりそうなものだ。

しかし双葉には行ってみたい。本当に店主が盗賊に力を貸しているのかが知りたかった。

「甘えさせていただきます」

沙耶は頭を下げた。

「双葉から座敷はかかってるかい」

音吉がおりんに訊《たず》ねた。

「今調べますね」

おりんが書き付けを見る。

「何日も前から座敷があることはわかっているのですか」

「もちろんだよ。その日に突然呼び出されることもあるけど、たいていは何日も前から約束をするのさ」

「それは料理屋と約束するんですか？」

「いや。置屋《おきや》っていう、芸者の口入れ屋みたいなものがあるんだよ。そこから約束が入るのさ。柳橋だと大きな二軒だね。あたしは深川だから関係ないけど、置屋同士のつながりで柳橋にも呼ばれることがある。最近はけっこう行くね」

音吉はそう言うと、少し自慢そうに笑った。

「柳橋の芸者界隈《かいわい》ではあたしは評判悪いよ。深川芸者のくせに生意気だって」

「そうなんですか？」

「そりゃそうさ。柳橋は江戸でも頂点の芸者街だ。深川の芸者なんぞに出張ってほしくはないだろうよ」

たしかに縄張りのようなものがあるなら、音吉のことは気分が悪いだろう。それをこえて音吉に魅力があるということなのだから。

「ありました。三日後ですね。小間物問屋の相模屋《さがみや》さんです」

「ああ、あそこか。それはちょっと難しいかな」

「どういうことですか？」

「もうすぐ羽子板市《はごいたいち》があるからね」

たしかにいまは十二月で、年末には羽子板市がある。羽子板市は江戸でも最も大きなお祭りだ。たくさんの客で溢れるのが常だった。

そして羽子板市の最大の売りが、芸者や遊女、役者などの絵姿《えすがた》の入った羽子板である。だから羽子板を作る小間物屋としては、いい芸者を捕まえるのが大切であった。

「なるほど。でも羽子板市まで、もう時間がないでしょう。いまから作って間に合うのですか？」

「数量限定のやつを作るんだよ」

音吉が嬉しそうに笑った。

ああ、と沙耶も納得する。

羽子板市は、言ってみれば江戸の人気者の絵姿の博覧会である。忠臣蔵《ちゅうしんぐら》のような物語の人物もいれば、会いに行ける相手もいる。

その中でも目玉なのが、数量限定の羽子板だ。注目はされているが、知る人ぞ知るといった芸者を捕まえて絵姿にして売るのである。

どうやら今年は音吉もその中に入っているらしい。

「わたしも欲しいですね」

沙耶は思わず言った。

「ありがとう。いずれ沙耶さんも紹介するよ。双葉屋にも、近いうちに行けるようにする」

音吉が言う。

「では、よろしくお願いします」

沙耶が頭を下げた。

これからやることはまだまだある。白子屋にも行っておかないといけないし、深川飯のこともある。

結局なぜ深川飯を食べに行かされるのかはわかっていない。地鼠の事件とは別の問題のような気もしていた。

音吉の家を辞すると、牡丹に声をかけた。

「明日はなん八食堂に行ってみたいのだけれど、いいかしら」

「もちろんですよ」

牡丹は笑顔になる。

「迷惑かけてごめんなさいね」

沙耶が言うと、牡丹は嬉しそうな顔のまま首を横に振った。

「沙耶様とでかけるのに迷惑なんて思うことはないです」

「ありがとう。では、明日迎えにいくわね」

そう言ってから家に戻ることにした。

永代橋を渡って南新堀町から亀島町《かめじまちょう》に向かう。同心の屋敷はたいていが亀島町に集まっていた。

同心の家庭が買物をするときは南新堀町か、日本橋まで行くことが多い。あとは亀島町まで行商が来てくれるのである。

少し考えたが、日本橋まで行って魚政《うおまさ》で買うことにした。男装の看板娘、かつにも協力してほしいからだ。

日本橋に渡って音羽町《おとわちょう》まで行くと、かつが元気に声を張り上げていた。その周りにおかみさんたちが集まっている。

「あ、沙耶さん」

かつが元気に声をかけてきた。

「今日も似合ってますね」

もともと沙耶の男装は、かつとの会話から生まれたものだ。沙耶にとっては恩人とも言える。

「おすすめはある?」

沙耶が言うと、かつは大きく首を縦に振った。

「冬だからなんでも美味しいですけどね。やはり鯖《さば》でしょうね。うちで作った味噌漬けはどうですか」

「美味しそうね」

沙耶が返事をすると、周りにいたおかみさんたちも声をあげた。

「ちょいと。それわたしも欲しいんだけど」

「わたしも」

「今日は量がないんで、明日にしてください。すいませんね、いいのを作っておきますよ」

かつが笑いながら言った。

「絶対ね」

魚そのものにも増して、かつが人気という様子だった。魚屋は男装した女性が看板娘をやっていることは多い。店先に出ている人間の顔のよしあしで売り上げが決まると言っても嘘ではない。

「ところで、少しお話があるのだけれど」

沙耶が言うと、かつはぴんと来たようだった。

「父さん、少し店を任せるよ」

店の奥に声をかけると、すぐに沙耶を連れて店から出る。

「何か捕物があるんですね」

「そうなの。それでかつさんにも力を借りたくて」

「もちろんです。いつだって言ってください」

かつは乗り気なようだった。

沙耶は地鼠のことを話す。かつは真剣に聞いていたが、やがて大きく頷いた。

「そういうことでしたらお役に立てると思います」

かつは自信ありげに言った。

「どうするの？」

「全員というわけにはいきませんが、盗賊のことなら鯖が教えてくれますから」

「鯖が？」

沙耶は思わず訊き返した。鯖とはどういうことだろう。

「どうして鯖で盗賊の居場所がわかるんですか？」

「夜鯖《よるさば》っていうのがあるんですよ。うちでは扱いませんけどね」

「夜鯖とはなんですか?」

「鯖というのは、朝獲れたものを河岸に運んできて売るんですけどね。料亭なんかは新鮮な鯖が欲しいじゃないですか。だから夕方に獲った鯖を卸す店があるんですよ。それを夜鯖って言うんです。朝の鯖より随分高いんですが、お金がある人は食べます」

「盗賊も食べるのかしら」

「奴らはお金にはゆるいでしょうからね。倹約家なら盗賊はしないでしょう」

そう言われると納得できる。料亭でもないのに夜鯖を買っている家があったら怪しいということだ。

「調べられる?」

「魚屋ですからね。任せてください」

「あまり時間はなさそうなのよね」

「そうですね」

「すす払いのあたりが危ないのではないかと思うの」

「そうかもしれません。だとしたらもう十日もないですね」

かつが腕を組んだ。

十二月の十三日が江戸ではすす払いだ。江戸の町全部で一斉にやる。そのあとは酒を飲んで寝てしまうから、盗賊には都合がいいといえた。

だとすると、ここ数日で立て続けに小さな盗みがおこなわれるのではないかと思われる。

とりあえず鯖の味噌漬けを渡される。

「これは炙って食べてください」

「そうするわ」

返事をして家に戻った。

家に着くとさっそく食事の準備を始める。月也に話すことはたくさんある。帰りを待つ時間が長かった。

食事の支度がだいたい整ったあたりで月也が帰ってきた。

「ただいま」

なにかあったらしい声がする。どうやらかなりの重荷を背負って帰ってきたようだ。

「お帰りなさい。お腹すきましたか？」

「うむ」

歯切れの悪い言い方をする。

「大変なのですね」

「そうだな」

言いながら奥に向かう。心ここにあらずという感じだ。今日は食事の味もろくにわからないかもしれない。

とりあえず鯖を炙った。

鯖が焼けるのを待っている間に味噌汁を作る。今日は葱と豆腐がいいだろう。それから大根を短冊に切って、塩で揉んだ。

そして梅干しを出し、味噌を混ぜて叩いた。体が疲れているときには味噌と梅干しがよく効く。

大根の上にそれをたっぷりと載せた。

このつまみは熱燗とよく合う。今日はどう考えても飲むだろう。

「どうぞ」

料理を運ぶと、酒を湯で割った。最初の一杯はまずはこれである。それから火鉢で酒を温めはじめた。

「うむ」

月也は一口、酒の白湯割りを飲むと息をついた。

「これは温まるなあ」

それから大根の上の味噌に箸をのばす。

「美味い」

一言口にすると、沙耶に目を向けた。

「今日盗みがあった。恐らく地鼠の一味だろう」

「いよいよ始まりましたか」

「うむ。三廻《さんまわ》りはしばらく身動きがとれないと思われる。そこでだ」

「わたしたちなのですね」

「そうだ。やはり本命の地鼠は俺たちが捕まえる」

責任重大である。月也は自信なさそうな表情になった。

「もし失敗したらどうすればいいのだ」

「そんなこと考えてもしかたないでしょう。悪いことを考えると悪いことが起きますよ」

元来月也は楽天家だ。くよくよしない。それなのに失敗を考えるということは、かなりの重圧をかけられたのだろう。

「そのうえ、例の深川飯は続けろということなのだ」

それはどういうことだろう。今回の地鼠とはまったく関係ない事件が他にあるということなのだろうか。

「俺は一体なにをしたらいいのかわからないよ」

月也がため息をつきながら鯖に手をのばした。

「美味いな！　これは」

さきほどまでの憂鬱《ゆううつ》な様子が一瞬で消えていた。

「沙耶も早く食べるといい。冷めるとつまらない」

月也の機嫌が直るほど美味しいのだろうか、と箸をのばす。

「美味しい！」

鯖を味噌と生姜に漬けたらしい。それらのいい香りがする。鯖の身も味噌で締められて、旨みが強くなっていた。

鯖の味噌漬けは甘いものが多いが、今日のは甘くない。塩気の強い味噌が鯖によく合っていた。

「深川飯もいいが、俺は鯖の方が好きだな」

月也がしみじみと言う。

沙耶もそう思う。バカガイも美味しいが、冬の鯖は別格である。

「そういえば、夜鯖というのがあるらしいの」

「それはなんだ？」

月也が訊いてきた。

かつから聞いたことを話すと、月也は興味深げな表情で頷いた。

「その考えは正しいような気がするな」

「そう思いますか？」

「ああ。夜に美味い鯖を食べられるなら金を出すだろう」

月也が言う。

たしかに新鮮な鯖を夜に食べられるなら、金を出す連中は多いだろう。江戸の人間にとって鯖は特別な魚である。

日常食べる魚としては鯖が一番だ。鯛が王者と言われはするが、それは鯛の値段が高いせいもある。

同じ値段なら鯖の方が美味しいと思う人も多い。沙耶も正直そう感じる。

「よし。それはかつの報告を待とう」

「あとは白子屋の常連になろうと思うのですが、いつもの格好でいいものでしょうか」

男装で店をうろつくと目立つ。そのせいで地鼠が警戒して盗みをやめるかもしれなかった。

「男装で常連になると盗みに入らないということか？」

「そうです」

「いいことではないか」

月也は声をあげて笑った。

「どんな理由であったとしても、盗賊に入られないことより幸せなことはあるまい。今回盗まなかったとしても、地鼠はどこかで捕まるさ」

そう言われて、沙耶もなんだかその気になった。確かに盗み自体がなくなる方がいいに決まっていた。

盗賊を捕まえたいために事件が起きるのを望むのは間違っている。

沙耶はいつもの格好のままで白子屋の常連になろうと決めたのだった。

そして翌日。

沙耶は牡丹とともに「なん八食堂」にやってきていた。

食堂は客でごった返していた。それはいいのだが、問題は客筋である。どちらかというと柄の悪い客で溢れていた。

とてもではないが、沙耶と牡丹の二人で入れるものではない。

「どうしよう」

沙耶は思わず牡丹を見た。

「なんだか襲われそうですよね」

牡丹も言う。

「いつもこうなのかしら」

「普段はここまでではないです。多分もうすぐ師走《しわす》だからでしょう」

たしかにもう十二月だ。いま仕事がなければ年末は仕事のないまま過ごすことになりかねない。

それだけはどうしても避けたいところだろう。大晦日《おおみそか》は一年のツケを払う日でもある。だから大晦日に文無しは一番いやなのである。

口入れ屋に仕事を探しにきた男たちはやや殺気立った表情をしている。

気分よく酒を飲んでいるのは仕事が決まった人々である。仕事が決まらなかった連中はお茶を飲みながら飯を食べていた。

そう大きくない食堂の中でも悲喜こもごもである。

そんな中に牡丹を連れていくのは無理だろう。

なんとなく店内を見渡すと、次郎吉がいた。どうやら深川飯を食べているようだ。

「次郎吉さんがいるわね」

沙耶が言うと、牡丹も頷いた。

「少し不自然ですね」

牡丹が言った。

「どのあたりが不自然なの？」

「盗みを前にしているなら、ここは来ないでしょう」

牡丹がきっぱりと言う。

「どうして？」

「こんな年末のなん八食堂なんて、揉め事を覚悟しないと来られないですよ。目立ちたくない盗賊が来る店ではないです」

たしかに喧嘩にでも巻き込まれたら大事だ。それなのに来るということは、なにか理由があるのだろう。

「沙耶様。理由が来たようですよ」

牡丹が囁《ささや》いた。

見ると、次郎吉が誰かと話している。次郎吉より小柄で、そんなに柄は悪くなさそうだ。

「見てると気が付かれますよ」

牡丹が言った。

「どうしましょう。あの男は誰かしら」

どうしても気になる。

「いっそ行ってしまいましょう」

牡丹に言われ、思い切って声をかけることにした。

客をかきわけて次郎吉のところに行く。

誰かに会うためだと気配が出るのだろう。不思議と客にもからまれなかった。

「次郎吉さん」

声をかける。

次郎吉は一瞬ぎょっとした顔になった。

「どうしてここに？」

「深川飯を食べに来たのです。牡丹と」

次郎吉は牡丹の顔を見るとほっとした様子を見せた。

「この方は？」

沙耶が聞くと、男は頭を下げた。

「看板屋の太郎《たろう》です」

看板屋というのは、文字通り看板を商っている男である。看板屋には二種類ある。店をかまえて客を取るものと、行商だ。

行商の方は道具を一式持ってかけ声をかける。店の方は客が板を用意して行って、看板をその場で彫ってもらうのである。

凝った看板は店に頼むが、単純なものなら行商を使うことの方が多かった。

この人もきっと盗賊なのだろう、と思う。看板屋なら儲かっている店を物色するのにはうってつけだ。

そう思うと、江戸には盗賊向きの仕事が多いのだと気付く。

「次郎吉さんにはお世話になってます」

沙耶が言うと男は警戒した様子を見せた。

「なにかあったんですか？」

「壊れたものを直してもらったんですよ」

沙耶が言うと、男は少し安心したような表情になった。

「じゃあ。あっしはこれで」

去っていく。

「困るんですがね」

次郎吉はいかにも不愉快そうに言った。

「あれもお仲間ね」

「そうですよ」

次郎吉はため息をついた。

「疑われたらどうするんだい」

「同じ班の人？」

「いや。違いますよ」

次郎吉が仕方なさそうに言った。

「あれは元々の知り合いなんだよ。たまたま地鼠の親分のところに入ってるのを知ったんです」

「そんなこともあるのね」

「珍しくもないですよ」

「そうなの？」

「ええ。盗賊の世界も広いようで狭いからね。親分は別でも働いている連中は同じなんてこともあるんでさ」

「どうしてそのようなことが起きるの？」

「信じられないからですよ。お互いを」

次郎吉は説明してくれた。

盗賊をやっていて一番怖いのは捕まって死刑になることだ。だから密偵が怖い。従って確実な筋の紹介以外では仲間を募れないらしい。

たしかにそうだろう。失敗したら死んでしまうのだ。

「死ぬかもしれないのにやるのね」

「そうだね。俺たちはどこか壊れてるんですよ」

次郎吉は真面目に言った。

「こう言ってはなんだが、俺は職人の腕としては悪くない。生活するのに困らないだけの給金はあるんです。でも駄目なんだ、盗みじゃないと。生きてる感じがしないんですよね」

「それだと足を洗ってもまた盗みを働くのではないですか？」

「惚《ほ》れた女がいますからね」

次郎吉が照れたような顔になる。

「いまこの近くで甘酒を売ってますがね。必ず幸せにしたいんですよ」

好き、という感情は人間を変えるのだろう、と沙耶は思った。

「さっきの人の本当の名前と、住んでいる場所を教えてもらってもいいかしら」

次郎吉は少しためらった。

「いきなり捕まえたりしないな？」

「しないですよ」

次郎吉はため息をつきつつ言う。

「佐賀町《さがちよう》の稲荷《いなり》長屋にいます。米蔵《よねぞう》って奴さ」

「ありがとうございます」

沙耶は挨拶して店を出た。

「深川飯はいいんですか？」

牡丹が聞いてくる。

「いいわ。深川飯には重要さはないと思う」

そう言って二人は歩きだす。

どう考えても深川飯の味は関係ないだろう。ありえるのはやはり、深川飯を食べにくる中に盗賊がいるからあたりをつけろ、ということだ。

なぜ深川飯なのかはわからない。ただ、仕事を探している者の中に目当ての盗賊がいるということだろう。

しかし誰がなにを盗んだのか。

奉行はそこは言えないらしい。

次郎吉に聞くのもどうかと思う。そういえば、深川飯を食べに行くと不思議と次郎吉に会うようだった。

白子屋のある日本橋ではなくて深川をうろうろしているのは不思議なことだったが、盗賊のことは沙耶にはわからない。

仲間も佐賀町にいるらしいし、深川には案外盗賊が多いのではないか。深川から日本橋に働きに出ると考えるなら、楽なのかもしれない。

「本当に大丈夫なんでしょうか、次郎吉さん」

牡丹がもやもやした表情で言った。

「そうね。なんだか不思議ね。好きな女の人がいるとああなるのかしら」

沙耶もなんとなく腑《ふ》に落ちない。といっても地鼠を捕まえたら関係なくなる相手だから、接し方もよくわからない。

歩いていると、次郎吉の恋人の梅らしき女が甘酒を売っていた。

「こんにちは。間違っていたらごめんなさい。もしかして梅さんですか？」

声をかけると、女は沙耶のいでたちを見て、人懐こい笑顔を浮かべた。

「こんにちは。次郎吉さんから聞いてます。沙耶様ですよね」

「はい。梅さんは料亭で働きながら、甘酒も売ってるのですか？」

「そうです。わたしは見張りですから」

梅が小さな声で言った。

「見張り？」

「はい。岡っ引きや同心に仲間が目をつけられていないかをさぐるんです。甘酒売りは屋台ですから、いろいろな場所に移動できるでしょ？」

たしかにそうだ。屋台の甘酒売りなら、どこにいても不思議はない。

「でも目的は日本橋でしょう？　どうして深川にいるの？」

「日本橋の前に深川で仕事があるんです」

梅は声を潜めた。

「そうなの？　深川の理由があるの？」

沙耶が訊くと、梅は大きく頷いた。

「北町の目をくらますためですよ。深川の事件は、南町ではなくて北町が出てくるでしょう？　南町の前に、まずは北町の足止めをするんです」

確かにそうだ。縄張りがないといっても、奉行所にもあるはある。深川はどちらかというと北町の管轄だった。

「それでどこに押し入るの？」

「その前に、本当に信用してもいいんですね？」

梅は沙耶を見つめた。

確かに簡単に信用するのは怖いに違いない。仲間を裏切るのである。もし沙耶に騙《だま》されていたとしたら、まさに人生が終わってしまう。

「信じてもらうしかないのだけれど、どうしたらいいのかしら」

沙耶の言葉に梅は首を傾げた。

「そうですね。よく考えるとありえませんね」

梅はそう言うと笑い出した。

「おかしいですね。次郎吉さんが命をかけて沙耶様たちにお願いしたのに」

「一緒に盗みを働く盗賊同士は、その時だけはお互いを疑わないのよね。それはどうして？」

「失敗したら死ぬというところが同じだからではないでしょうか」

そう言ってから、梅はあらためて沙耶を見つめた。

「だから裏切ると殺されるんですよ」

「それでもいいと思ったの？」

沙耶が訊くと、梅は顔を赤らめた。

「次郎吉さんは可愛いんです」

梅にとっては次郎吉はいい男らしい。それはなによりのことだ。皆が同じ男を好きになるわけではない。

「どのあたりが可愛いんですか？」

「笑顔かな」

次郎吉は、梅の前ではきっと屈託なく笑うのだろう。だからこそ梅も次郎吉とともに仲間を裏切る気になったのに違いない。

「良い家庭が作れるといいですね」

沙耶が言うと、梅は嬉しそうに頷いた。それから少し後味の悪そうな顔になる。

「でも、仲間を裏切って、後で地獄に落ちたりしないでしょうか」

「しないわ。そもそも盗賊になるのがおかしいのよ」

沙耶に言われて納得したようだった。

「押し込みは、万年町《まんねんちょう》の直助《なおすけ》屋敷です」

梅が言う。

「そんな馬鹿な」

脇で牡丹が口を挟んだ。

「いくら何でもそれは嘘でしょう」

「本当だよ」

梅が言う。

それから楽しそうに笑った。

「ただしそこは『失敗』して引き上げるから大丈夫だよ」

「失敗のためですか」

牡丹が腑に落ちない顔をした。

「どうしたの？」

「直助屋敷というのは岡場所です。盗賊が入るはずがない」

牡丹がきっぱりと言った。

「そうなの？」

そういえば、岡場所に盗賊が入ったという話は聞いたことがない。

「岡場所は、夜皆が起きていますし。客に武士もいる。うかつに盗みに入ったら返り討ちですよ」

牡丹は梅を睨んだ。

「嘘をつかれては困ります」

「いいえ。本当よ。あなたの言うとおり岡場所に盗賊は行かない。そこがいいのよ」

「そこが？」

「そんな間抜けな盗賊がいたら噂になるでしょう？」

なるほど、と沙耶は思う。白子屋から目をそらせればいいのだから、この盗みが成功する必要はないということだろう。

成功と不成功を取り混ぜるのが作戦なのだろうか。それに、失敗して逃げるということはかえって捕まりにくいということだ。

それだけに捕まるようなことがあれば、大いに慌てるだろう。何か突破口が見つかるかもしれない。

「もし直助屋敷に押し込んだ人たちが捕まったら、白子屋への盗みはやめると思いますか？」

沙耶が聞くと、梅は首を横に振った。

「意地になって盗むでしょう。それが盗賊というものですから」

「そうなのね」

盗賊には盗賊の意地があるのだろう。しかし、沙耶の気持ちは変わらない。問題は直助屋敷でどうやって相手を捕まえるかであった。

「いつ盗みに入るのかはわかっているの？」

「明後日ですよ」

「それならまだ時間はあるわね。奉行所に相談すれば大丈夫」

「駄目です」

牡丹が横から言った。

「なぜ？」

「働いている人まで捕まってしまいます」

岡場所は違法である。奉行所としては、そこに人をやるとなればどうしても遊女まで捕まえることになるだろう。

「どうしたらいいのかしら」

「沙耶様と月也様で、奉行所に内緒でやるしかないでしょう」

「そうね。たしかに二人でやるなら、大ごとにはならないわ。でもどうしましょう」

「簡単です」

牡丹が当たり前のように言った。

「沙耶様が遊女。月也様が客として忍んでいればいいのです。呼子《よぶこ》はわたしが吹きますから、安心してください」

そうして牡丹は楽しそうにくすくすと笑ったのだった。


二日後。

沙耶は月也とともに直助屋敷の一室にいたのである。

岡場所といっても、「岡場所」という看板が掲げられているわけではもちろんない。あくまで料理茶屋の集まった場所である。

泊まることができるだけだ。

直助屋敷には話を通して、沙耶は遊女ということになっている。

赤い長襦袢《ながじゅばん》を渡されていた。

沙耶にとっては見たことのない襦袢である。武家の襦袢は半襦袢だ。上も下も一体になったものは初めてだった。

なんともいえずに煽情的《せんじょうてき》で身が縮こまってしまう。

その上から派手な着物を着て座敷に出る。相手が月也だから、なおのこと恥ずかしい。

そのまま押し倒されそうな気がした。

「あ。うん。美人だな」

月也が少し乾いた声を出した。どうやら月也も硬くなっているらしい。

「緊張しないでいただけますか」

沙耶はそう言うと、置いてあった銚子《ちょうし》を手にとる。

「お酒をどうぞ」

つまみは冷や奴だけだが、なんだか特別な雰囲気があった。

月也は沙耶の酌《しゃく》で酒をあおると、右手を握ってきた。

「これはお役目ですよ」

思わずたしなめる。

「しかし」

「しかしではありません」

いくらなんでも、こんなところで応じるわけにはいかない。

「ここではいやです」

「家ならいいのか」

「それはまあ」

夫婦なのだから拒絶するものではないのだが、長襦袢姿を見られるのはとても恥ずかしい。遊女というのはなかなかたいしたものだ。いたたまれなくて死にそうな気持ちになる。

「沙耶も緊張しているのか」

「しています。そして思ったのですが、格好は普段と同じでいいのではないですか」

よく考えたらわざわざ遊女の格好をすることはない。牡丹や店の主人に乗せられてしまったが、男装で問題ないではないか。

「もう着替えます」

言ったとき、呼子の音が聞こえた。牡丹が盗賊を見つけたらしい。

「行きましょう」

沙耶はそう言うと立ち上がった。月也とともに店を出る。

「御用だ！」

店を出るなり叫ぶ。

盗賊たちは三人。「失敗」するのだから、人数は少なくてもいいと思っていたらしい。

遊女の格好の沙耶に叫ばれて驚いたようだ。その後ろから戦用の長い十手を構えた月也が出てきたのにはもっと驚いただろうが。

直助屋敷の用心棒たちがわらわらと出てくる。

盗賊たちはさして抵抗もせずに捕まってしまった。

沙耶たちはすぐに番屋に連れていった。

「奉行所に行って伊藤様に連絡をしてくれ」

月也が言うと、番屋の親爺《おやじ》がすぐに奉行所に走ってくれた。

「おい、お前たち。地鼠の配下だな」

月也が言うと、男たちは恐れ入ったように頭を下げた。

「お前たちは、なんで盗賊をやっているのだ」

月也が訊いた。

「他にやれることがないんですよ」

男の一人が言った。

「どういうことだ？」

月也が問い返す。

「俺たちはね、どんな仕事をしても長く続かないんです。人と付き合うのが下手でね。でも地鼠の親分だけは俺たちを受け入れてくれたんです」

「うむ。地鼠はいい奴なんだな」

月也が感心する。

「はい。素晴らしい親分です。旦那、盗賊の俺たちが言うことじゃないんですけどね。皆がもう少しだけ優しければ、俺たちも盗賊なんてやってないんですよ」

「そうかもしれんな」

月也はなんだかしんみりしていた。

「お前たちもきっといい奴なんだな」

「いいえ。俺たちは悪い人間です。盗賊ですから。いろいろ言い訳しますが、旦那は同心なんですから同情してはだめです」

「そうか。すまない」

「どんな理由があっても盗賊なんかやっちゃだめなんです。俺たちもそれはわかってますから。気にせずに捕まえてください」

なんというか。同心と盗賊とは思えない会話である。

しばらくして伊藤がやってきた。

盗賊たちから話を聞くと、伊藤はにやりと笑った。

「そうか。お前たちは悪いことをしているという気持ちはあるのだな?」

「はい」

「では。もう一歩踏み込んで我らに協力してはくれまいか」

「どうするんですか?」

男たちが訊く。

「何食わぬ顔して帰って、今日のことがうまくいったと地鼠に報告してもらえないか」

「親分を罠にかけるってことですか?」

「そうだ」

男たちは、さすがにためらったようだった。

「地鼠にもこれ以上の罪を重ねさせないようにしたほうがいいと思うのだがな」

伊藤に言われて男たちは決意したようだ。

「わかりました」

三人は素直に頭を下げる。

伊藤は月也のほうを見た。

「紅藤。お手柄だ。これで万事うまくいく」

伊藤に言われて、月也は頭を下げた。

「ありがとうございます」

「まずは名乗れ」

伊藤が男たちに言う。

「武吉《たけきち》です」

「権一《ごんいち》で」

「山造《さんぞう》です」

男たちは殊勝に答えた。

「地鼠の目的はなんだ」

「日本橋の茶問屋、白子屋への押し込みです」

「時期は？」

「十二月十三日の夜でさ」

武吉が言う。

やはり十二月十三日か、と沙耶は思う。その日はすす払いで、江戸の町はお休みみたいなものだ。夜ともなれば一日の疲れでみなぐっすりと眠っている。だから盗賊に入られたとしても誰も起きてこないだろう。

「押し込み所がわかっていれば問題はない。あとはどうやって捕らえるかだな」

伊藤が言う。

「白子屋に張り込むのがいいのでしょうか」

月也が言う。

「いや。うかつなことをして白子屋に怪我人が出てもつまらない。まずは盗むだけ盗ませようではないか」

伊藤が言った。

「ただしニセの金をな」

「バレませんか」

「千両箱に入っておれば平気であろう。相手も落ち着いているわけではないだろうし」

それから伊藤は沙耶のほうを見た。

「女房殿はしばらく白子屋に通ってみてほしい」

「わかりました」

沙耶は頷いた。

うまくいけば、地鼠を一網打尽《いちもうだじん》である。

そして。

沙耶は翌日さっそく白子屋に足を運んだのであった。

白子屋は人気だけあって、朝から行列が出来ている。少々寒くても並ぶのは平気らしい。

「すごいですね」

牡丹が感心したように言った。

「本当ね。でも大丈夫なの？　わたしについてこなくても平気なのよ」

沙耶が言うと、牡丹はすました顔になった。

「これも勉強です。お茶に何を入れるのが人気なのかを知っておくのは、わたしの商売にも関係あるのです」

そう言われればたしかにそうだ。

牡丹の仕事は花の砂糖漬けを売ることだ。お茶に入れて人気のものなら砂糖漬けにして売っても人気が出るかもしれない。

しばらく並んでいると、順番が来た。

白子屋の中は、お茶の匂いに混ざって花や果物の香りがする。人気のお茶はなんだろうと探してみる。

沙耶と牡丹を見て、手代《てだい》が笑みを浮かべてやってきた。

「これはこれは。姉妹でのご来店ですか？」

「はい」

沙耶は素直に頷いた。

ここは姉妹にしておいたほうがいいだろう。

「どのようなものをお求めに？」

「何が人気なのですか？」

「一番は生姜ですね。冬ですから」

手代が言う。なにをおいても体を温めるものが人気らしい。

「それから柿ですね。柿の皮を乾燥させたものを入れてるんですよ」

「それは香りがよさそうですね」

聞いているだけで欲しくなる。

それはそれとして、白子屋に事情は説明しないといけないだろう。

「ところで、店主の方にお話があるのです」

「なんでしょう」

手代が怪訝そうに訊いた。

「ここでは話せないのですが」

沙耶が言うと、手代は沙耶と牡丹の両方を見てから頷いた。

「わかりました。少しお待ちください」

手代はどう思ったのか知らないが、店主に話をしにいった。すぐに戻ってくると、
奥に招いてくれたのだった。

店主は五十歳を過ぎたあたりの恰幅《かっぷく》のいい男だった。

沙耶を見ると両手をついた。

「ようこそお越しくださいました」

「ようこそ。というのはどういうことですか？」

沙耶は思わず訊いた。

白子屋に入るのははじめてである。ようこそと言われる憶えはない。

「風烈廻りの奥方様でしょう？」

白子屋は笑顔で言った。

「ご存じだったんですか？」

沙耶が言うと、白子屋は声をあげて笑った。

「美人で男装の同心の奥方様は有名ですから。ましてこんな美少女をともなっているとなれば、他にはいないです」

「牡丹のこともご存じなのですか？」

「もちろんです。深川の花売りでしょう。うちのお茶の参考になるかと思ってよく買わせていただいていますよ」

「ありがとうございます」

牡丹は頭を下げる。

「ところで折り入っての話ということは」

白子屋はやや期待をこめた顔で沙耶を見た。

「事件ですかな」

「楽しみなんですか？」

沙耶はつい訊き返した。

「楽しみとまではいきませんが。なにか事件に協力できるのであれば面白いとは思います。それでどうなのですか」

白子屋が身を乗り出してきた。

「ここが狙われています」

沙耶が言うと、白子屋は嬉しそうな表情のまま腕を組んだ。

「うちも有名になったものです」

まるで祭りを楽しんでいるような様子で白子屋は言う。

「それで、うちはどうすればいいのですか」

「そのまま普段通りにしていてください。ただ、金蔵のお金は安全な場所に移してニセのお金を準備してほしいのです」

「わかりました」

白子屋はふたたび頭を下げる。

「いつごろ押し込むのでしょうね」

「十二月十三日です」

「すす払いですか。それはそれは。それにしてもそんなことまでわかるものなのですね」

白子屋は感心したように言った。

「今回はたまたまです」

沙耶が言う。

「いえいえ。奥方様のことは聞き及んでいますよ。「瓦版でも読みました」

それで判断するのはやめてほしい、と正直思う。瓦版の沙耶はとても人間とは思えない。ものによっては後光《ごこう》までさしている。

「ご本人も大変お美しいですね。沙耶様が通っているというだけで店の評判が上がりそうです」

それはいいかもしれない。

沙耶は思った。

地鼠は捕まらないかもしれないが、盗みは防げるだろう。

その日から、沙耶は「有名な常連」として白子屋に通うことになったのだった。

沙耶が通うようになると、白子屋の評判は上がった。沙耶と牡丹の二人を見物に来る客まで現れる始末である。

今日も白子屋に行くと行列がすっと割れて沙耶を店の中まで通してくれた。

「これは地鼠も諦めるかもしれないわね」

沙耶が言う。

「どうでしょう。わたしはそうは思いません」

牡丹は首を横に振った。

「むしろ盗賊の心に火がつくと思いますよ」

梅も言っていたが、やはりそういうものなのか、と沙耶は思う。

店の中に入ると、今日は音吉が先に来ていた。

「音吉さん？」

沙耶が声をかける。音吉は少々機嫌の悪い顔をしていた。

「ひどいじゃないか、沙耶さん。あたしを交ぜてくれないなんて」

どうやら、音吉も加わりたいらしい。

「すいません」

「いいよ。それよりさ、双葉に行く日が決まったよ。白子屋さんに呼んでもらった」

「白子屋さんに？」

「そうだよ。あたしを無視したお返しに座敷を立ててもらったのさ」

音吉が胸を張る。

その横でおりんとおたまがくすくすと笑っていた。

さすがに売れっ子だけあって、音吉もなかなかのやり手である。

「明後日の夜ね」

「わかりました」

店の中は、お茶というよりも沙耶と音吉の見物客が溢れている感じだった。

「今日のところは行きましょう」

そう言って、沙耶は見物客をかきわけた。地鼠の一味の誰かに見られている気がしている。

沙耶からは全く見えないが、どうにもしようがなかった。


そして。

二日後の夕方、沙耶は音吉とともに柳橋の料亭「双葉」にいたのであった。

「ごめんなさい。ありがとう」

そう言いながら、音吉が座敷のふすまをあける。

中には白子屋が一人で座っていた。

「おお。美人がそろいぶみだね」

白子屋が相好《そうごう》を崩す。

音吉におりん。おたま。沙耶。牡丹までいた。

全員が芸者の格好をしていて、沙耶が見ても華やかである。

「さて。うちはどのようにして動けばいいのですかね」

白子屋が興味深そうに言った。

「すごく普通にしていてください」

沙耶は言った。

「普通でいいのですか？」

「そうでないと気が付かれてしまいます。ただし千両箱の中は石かなにかに代えておいてくださいね。本当に盗まれると困りますから」

「かしこまりました」

白子屋は頭を下げた。

「ここはよく使われるのですか？」

「この店かい？」

「はい。この店のことを教えてほしいのです」

白子屋は腕を組んだ。

「そうですね。ここは老舗《しにせ》というわけではないです。店ができてから五年というところでしょうか」

「ここの魅力はなんでしょう」

「料理ですね。それも田舎《いなか》料理。ここはなかなか変わっています」

「どういうふうにですか？」

「普通は田舎料理といっても上方《かみがた》か、江戸の郊外くらいなのですが。ここは仙台《せんだい》料理や島根《しまね》料理など少し変わった料理が出るのです」

「それは本当に珍しいね」

音吉も感心したように言った。

「そういやこれまで出た料理もなんだか変わってたね」

「食べたのですか？」

「見ただけだね。おりん、おたま、どうだった？」

音吉がおりんたちに訊く。

「おりんちゃんたちは食べたの？」

「ああ、料亭の料理っていうのは、半分は芸者が持って帰って家で食べるのさ。うちではおりんとおたまが食べてるよ」

「あとで料理人が来ますから、話してみるといいですよ」

白子屋が言った。

「ここにですか？」

「料理の味をたしかめにね。今日は無礼講ということで全員の料理を作ってもらってますから、ご賞味ください」

「ありがとうございます」

しばらくして、料理が運ばれてきた。豆腐と里芋、それに味噌汁に飯、と、なんの変哲もない料理であった。

「今日はずいぶんと簡素な料理だね」

白子屋が気の抜けた声を出した。

「これは特別に簡素な料理でございます」

料理人が笑顔で挨拶をした。

「これは松江《まつえ》の料理を模したものでございます」

料理人が説明する。

「この豆腐はスズキ豆腐。大豆とスズキのすり身を混ぜて蒸したものです。シジミは宍道《しんじ》湖という湖から取り寄せたものです」

どうやら単なる料理ではないらしい。

「地鼠料理、というところですか?」

不意に牡丹が言った。

その瞬間、料理人の顔色が変わった。

「なんのことでしょう」

島根料理。沙耶は料理を見て思う。わざわざ島根から取り寄せるということは海路を確保しているということだ。

双葉と地鼠の関係が深いなら、つまり地鼠は船をきちんと持っているということになる。

捕まらないのは盗むなり船に乗るからか。

「ここのお客の懐具合をさぐっていたのですね」

沙耶が言う。

これはいかにも言いがかりだ。しかし相手に腹黒いところがあるなら、案外効果はあるものだ。

「なぜそう思ったのですか?」

「足を洗いたい人から聞いたのです」

「裏切者か」

料理人は諦めたような声を出した。

「わたしもこれでやめようと思っていたのですけどね」

ため息をつく。

「まあ待て。あんたは盗みを働いていたのかい」

白子屋が声をかける。

「いえ。客のことを話していただけで、盗んではいないです」

「それならたいした罪にはならないだろう。お前の料理はいつも素晴らしいのだ。喜《き》久《く》蔵《ぞう》よ、うまくすれば無罪だ。だから洗いざらい話してくれないか」

白子屋に言われて、喜久蔵と言われた男は頭を下げた。

そうして。

沙耶たちは地鼠の情報を洗いざらい聞くことができたのであった。


「おい。あれは魚屋のかつではないか？」

月也が正面を見て言った。

「確かにそうですね。急いでいるみたいです」

かつは足早に進んでいる。沙耶を見ると大きく手を振った。どうやら沙耶を探していたらしい。

「わかりましたよ。夜鯖の出口が」

かつが勢い込んで言った。

「どこ？」

「積船《つみふね》問屋の三角《みすみ》屋です」

「積船問屋かあ」

沙耶は思わず唸った。

積船問屋というのは、名前のとおり全国にさまざまな積荷を運ぶ問屋である。盗賊にとっては都合がいい。

それだけに奉行所からはわりと警戒されてもいる。今回はうまく目を逃れているというところだろうか。

「単純に御馳走《ごちそう》を食べていたということはないの？」

「ここ一月で突然魚を買いはじめたそうです。夜鯖もですよ。間違いないでしょう」

「たまたまお客さんがいるということはないのかしら」

「そんなことはないと思いますよ。もちろん手伝いの人が集まることはあるでしょうが、夜鯖なんて食べません」

「とにかく見張ってみることね」

沙耶は決める。

「うむ。奉行所にも報告するが、沙耶たちのほうでしっかり見張ってくれ」

月也も言った。

「そうですね。まずは三角屋を見張ることにします」

沙耶はすぐさま月也と別れると、清を探すことにした。こういうときはまず夜鷹蕎麦である。なんといっても夜中に相手が食べに来ることを期待できる。

清は日本橋で店を出すことが多いから、不自然さもない。夜鷹蕎麦は、丁稚《でっち》が多い場所で繁盛するものだ。

清はすぐに見つかった。時刻は夕方に近づいているから、夜鷹蕎麦もそろそろ混んでくる時刻だ。

清の店は、最近夕方あたりは通 油 町《とおりあぶらちょう》にいることが多い。

「あ。沙耶さん」

清が笑みを浮かべた。

「お願いがあるの」

「例の件ですね」

清が言う。

「ええ。三角屋という積船問屋が怪しいみたい」

「それなら任せてください」

清が自信ありげに言った。

「どうするの?」

「丁稚蕎麦を出します」

「それはなに?」

「日本橋は店が多いだけに夜中にこっそりと丁稚が食べに来るんです。丁稚はお金がないから、一番安い蕎麦に唐辛子をたっぷりとかけて食べるんですよ。蕎麦というよりもつゆを飲みに来る感じです。なので夜鷹蕎麦の中には『丁稚蕎麦』という献立《こんだて》を入れているところがあります。蕎麦の量をやや少なめにして値段を下げるんです」

「三角屋さんも丁稚はいるのかしら」

「もちろんですよ。いまは冬だから、丁稚蕎麦なら食べに出てくるでしょう」

たしかに店の中も夜は冷えるだろう。盗賊たちも夜には食べに来るかもしれない。

「わたしも手伝っていいですか?」

「沙耶さんが?」

「ええ。顔を見てみたいです」

「わかりました。では今夜から。でも男装はダメですよ、目立つから」

「わかっています」

清はわりと地味な紺の着物を着ている。家に戻って着替えるのがよさそうだった。

「では着替えてきますね」

「待ってください。この着物を渡しますから、そのへんの銭湯ででも着替えてきてください」

たしかに時間からいくとそうすべきだろう。

沙耶は頷くと、素早く着替えたのだった。

夜になると、冷え具合がいっそう厳しくなってくる。歯がかちかちと鳴るほど寒い。

「沙耶さん。これをどうぞ」

清がお茶を出してきた。一口飲むと、焼酎が入っている。その一口でかっと胃が温まってくる。

「焼酎ってのはね。冬にそのまま飲むと体が冷えちまうんです。熱いお茶に入れて飲むとすごく温まるんですよ」

たしかに一気に体が温まる。生き返るようだった。

「酔わないといいのですが」

「酔わないよ。すぐにさめます」

清は自分もお茶焼酎を口にした。たしかにそうでもしないとこの寒さは防げない。

「お客が来ましたよ」

三角屋から、中年の男と、三人の丁稚が出てきた。

「こんばんは」

男が声をかけてくる。

「いらっしゃいませ」

沙耶は頭を下げた。

「お。ずいぶんな別嬪さんだね」

男は薄く笑った。

その後ろから丁稚たちがやってくる。

「丁稚蕎麦」

中のひとりが声を出した。

「おいおい。俺がいるんだから丁稚蕎麦なんていうな。天ぷら蕎麦を四つだ」

男の言葉に、丁稚たちが歓声をあげる。

「白魚《しらうお》ですがいいですか？」

清が声をかけた。

「いいね。俺には燗をつけてもらおう」

「はい」

沙耶は素早く燗をつける。

「熱めにしておくれ」

酒を温めている間に天ぷらが揚がる。油のいい匂いがただよった。

「お待ち」

蕎麦が並ぶ。

「これもどうぞ」

沙耶が薬研堀の入った箱を四つ置いた。丁稚たちは箱の中の薬研堀を全部かけて蕎麦を真っ赤にしてしまう。

「すまないね。寒いもんだからさ。唐辛子が必要なんだ」

たしかにこう寒くて、酒を飲まないとなるともう唐辛子しかない。唐辛子を大量にとると体がぽかぽかして過ごしやすいのは本当だ。

それにしても、と沙耶は男のほうを見ないようにしながら思った。男の声は高くも低くもない。かすれてもいないが伸びのある声でもない。

ちゃんとはっきり聞こえているのだが印象がないのである。

これが地鼠なのかもしれない、と沙耶は思った。だとすると丁稚に蕎麦を御馳走しているのも、優しさではなくて余計なことをしゃべらせないためだろうか。

「美味しい」

丁稚のひとりが言った。

「うちの天ぷら蕎麦は美味いからな」

清の亭主が言う。

「たしかにな。この天ぷらはなかなかだ。酒にもいい」

そういって男は天ぷらを口にした。

「気に入ってくださって嬉しいです。明日も店を出しますね」

沙耶が言うと、男が少し怪訝な顔をした。

「他の場所には出さないのかい」

清が口を挟んだ。

「もっと早い時間は他の場所にいるんですよ。こんな夜中にやってくるお客さんがいるなら、ここに出します」

「そいつはありがたいな。しばらく頼む」

男が言う。しかしやはり印象が心に刻まれない。これが地鼠なのではないかという思いが強くなった。

次郎吉の言っていた特徴と同じである。

もしこの男が地鼠なら、毎晩通ってくれるのは助かる。

「旅に出るのですか？」

沙耶が聞いた。

「なぜだい？」

「しばらく、とおっしゃったので。どこかに行かれるのかと思いました」

「おお。そうだな」

男は額をぽんと叩いた。

「しばらくしたら松江に行くのさ」

「松江に何かご用なのですか？」

「人参を仕入れに行くんだよ。松江はいい人参を育ててるのさ」

「人参ですか」

沙耶はつい大きな声を出した。人参は高価である。おそらく沙耶の人生には一度も登場することはないだろう。

「お金持ちなんですね」

沙耶が言うと、男は苦笑した。

「仕入れに行くんだ。俺が金持ちなわけじゃないよ」

なるほど。と沙耶は思う。盗んだ金で朝鮮人参を仕入れて、表の仕事で儲けるという計画なのに違いない。

仲間に薬屋がいるのだろう。

「それなら、それまでの間ご贔屓《ひいき》ください」

「そうだな。蕎麦も酒も美味い」

男は、沙耶のことを警戒した様子はない。もし清のことを調べたとしても、評判の夜鷹蕎麦としかわからないだろう。

「ありがとうございます。明日もお待ちしてますね」

清が言った。

男は懐から金を出して置いた。

「一朱だ。つりはいらないよ」

「ちょっと待っておくれ。これはなんだい」

「一朱金だ。知らないのか？」

「見たことないね」

清は手にとってまじまじと見た。

「ああ、見たことはあったが、手にとったのははじめてだ」

「去年から出回ってるんだけど、あまり使われてないかもな」

「蕎麦に一朱も払っていいんですか？」

「そのかわり明日も来てくれよ。約束代だ」

男はそう言うと、丁稚を連れて帰っていった。

「当たりです。清さん」

沙耶が言うと、清も頷いた。

「わたしもそう思うね」

そして翌日。

同じ時間に男は来た。今度は丁稚ではなくて、いかつい顔の男を連れていた。

「こいつは松二郎《まつじろう》っていうんだ。よろしくな」

松二郎と聞いて、ぴんとくる。

この男だ。今晩、牡丹が次郎吉に連れられ、賭場へ様子をさぐりに行くことになっている。いずれにせよ、三角屋が盗人宿だということはこれでほぼ決まりである。

沙耶はとびきりの笑顔を松二郎に向けた。

「お酒、温めますね」

こうなってくると話は早い。

その晩。地鼠たちが帰ったあと、沙耶はすぐに家に戻った。月也が気持ちよさそうに眠っている。

地鼠のことを伝えようかと思ったが、思いとどまる。

いま月也を起こしても、慌てるだけで意味がない。明日月也が起きてからでも充分間に合うだろう。

沙耶も眠っておこうと布団に入ったが、なかなか寝付けなかった。

はっとしたときには月也はもう起きていた。

「すいません」

慌てて体を起こす。

「気にするな。夜遅くまで働いていたのだろう」

月也が笑う。

「朝も作っていなくて」

「よいよい。たまには外で朝を食べようではないか」

「それよりも、地鼠を見つけました」

沙耶が言うと、月也の顔が引き締まった。

「お。当たりか？」

「小網町《こあみちよう》の積船問屋。かつさんの言ったとおり、三角屋でまちがいないです」

「よし。これで賊を捕まえることができるな」

月也は安心したような声を出したのだった。

牡丹は、いつもの通りの美少女っぷりで店にいた。

「昨晩は大丈夫だった？」

沙耶は心配になって声をかける。

「もちろんですよ」

牡丹が涼しい顔で答える。その様子はいつもの牡丹であった。

「次郎吉さんはちゃんと守ってくれたの？」

沙耶が言うと、牡丹は口に右手を当てて笑い声をたてた。

「殺し合いに行ったのではないですよ。沙耶様」

「そうだけど」

そう言われても心配ではある。もっともこうやって元気に立っているのだから心配は必要ないのだろう。

「それよりも面白いというか、次郎吉さんが言っていた男に会いました」

「それって……」

「松二郎って人です。ずいぶんと体格がよくて。賭場でもよく食べていました」

「わたしも昨日、会ったわ。牡丹が見ても怪しかった？」

「ええ」

それから懐から一枚の金を取り出した。

「これをたくさん持っていました」

牡丹が取り出したのは一朱金である。

「これがどうしたの？」

十六朱で一両だから、賭場で遊ぶならたくさん必要に思われた。

「去年出たお金なんですよ。大量に持っている人なんて数えるほどしかいないです。ましてや賭場で遊ぶ人間には出回らないでしょう」

「そうね」

そう考えると、松二郎がどこかから盗んできたと見るのがいいのかもしれない。

「でも、小判ならともかく、一朱を盗むかしら」

いかにも効率が悪い気がする。

「誰も一朱なんて狙わないから、万が一のときでも言い訳がききます。コソ泥の手口ですよ」

「大きな仕事の前の小さな盗みってことね？」

「そうでしょう。でも、もしかしたら盗んでいる気持ちすらないかもしれません」

「どういうこと？」

「泥棒が板についてくると、考えなしに盗むようになる人がいるんです。本人も盗んだ気がないから、泥棒の気配も出なくて気が付かれない。気付くと懐にお金が入っているという案配です」

罪悪感もなにもなく自然に金を盗むのだとしたら、それはたしかにすごいことである。褒められないが達人のようなものだろう。

「しかしすごく目立つ人なので。どこにいても絶対わかります」

牡丹は自信ありげに言った。

「わかったわ。もしものときはついてきてね」

「はい」

男子の格好であったなら、いまの牡丹はわからないだろう。

じりじりと地鼠を捕まえる網ができたような気がした。


そして十二月十三日になった。

「蕎麦はどうかねえ」

夕方になるとあちらこちらで声があがった。十二月十三日はすす払いの日である。

江戸全部がすす払いをする。

そして夕方は手伝ってくれた人も含めて、商家は蕎麦をふるまうのである。

だからあたりは蕎麦を作る匂いと、蕎麦をすすめるかけ声に満ちていた。

「そおれ！」

というかけ声とともにあちこちで胴上げがなされる。すす払いを手伝ってくれた人たちを適当にえらんで胴上げするのである。

沙耶は牡丹とともに白子屋で胴上げをされていた。白子屋のすす払いを手伝っていたのである。

蕎麦のあとは簡単な酒宴になった。

綺麗になった店の中で店の者と飲むのである。

沙耶がいても地鼠は気にせず盗賊に入るのだろうか。そう思いながら、沙耶は酒宴に交ざっていた。もし地鼠の手の者が交ざっているなら、沙耶がいることはわかるだろう。

しかし店の者の中にはそれらしい気配はない。

沙耶は酒のふりをして水を飲みながら酒宴に交ざった。

牡丹とともに寝たふりをする。

夜中になって。

こつんという音がしたような気がした。かすかな音である。

「沙耶様」

牡丹が小声で言った。

「ええ」

沙耶は起き上がる。

「もう少し待ちましょう」

牡丹が沙耶をとめた。

「なぜ？」

「鉢合わせしたら殺されるかもしれません」

たしかにそうだ。沙耶は月也のように強くない。しばらく待つ。ほとんど音がしないまま四半刻待った。

「そろそろいいでしょう」

牡丹に言われるままに金蔵に向かった。

白子屋の金蔵は見事なまでに空っぽであったのだ。

見張っていたのに、一瞬の隙をついての盗みであった。

「さすがの腕だな」

月也が感じ入ったように言う。

「感心している場合ではありません」

沙耶がたしなめた。といってもここまでは予想の範囲である。沙耶と月也の二人では、どうせ捕らえられる人数ではない。

地鼠が逃げて、積船問屋に落ち着いてからが勝負である。

金を持って逃げているから、あまり遠くまで行きたがらないのが盗賊の心だろう。だからさほど遠くないところに臨時の盗人宿をかまえるのだ。

沙耶たちの予想が間違っていなければ、地鼠は小網町の積船問屋に逃げているはずだ。そして朝になったら船に乗って逃げてしまうだろう。

そうなってしまえばもう捕まえることはできない。

だからいましかないのである。

次郎吉が手筈《てはず》を整えているはずであった。

「三角屋に向かいましょう」

沙耶が声をかけると、月也は頷いた。

「次郎吉の言う通りならそうなるな」

それから月也はあらためて言った。

「それにしても次郎吉はいい奴だなあ。足を洗ったら飲みに行こう」

「無罪というわけにはいきませんよ」

沙耶は思わず笑ってしまった。

「それでもさ」

月也が言った。

小網町なら船を使うまでもない。歩いてすぐである。三角屋の前まで歩いていくと、途中に清の屋台があった。

「こちらには動きはないですね」

清はさりげなく屋台を出して、あたりの様子をうかがってくれていた。

「ありがとう。他のみんなは？」

「近くにいますよ。大丈夫です」

近くにはお種と喜久、かつ、お良も潜んでいるはずだった。

捕物の肝《きも》はかけ声である。「御用だ」というかけ声が相手を観念させるのだ。

「もう少ししたら、次郎吉さんから合図があるはずです」

沙耶が言った。

「よし、着替えよう」

月也が挟み箱を開ける。中には着替えと、捕物の道具が入っている。きりりとした捕物姿になると、月也は箱から刺股《さすまた》を取り出した。

「今日はこいつで行こう」

刺股は強力な武器である。相手をからめとって動けなくしてしまう。それに叩いても強いから、人数が多い相手にも対応できる。

沙耶のもとに、お種たちがやってきた。

かつは男装をして天秤棒《てんびんぼう》を持っている。盗賊をひっぱたこうという構えであった。

「当たりだったよ、沙耶さん」

かつが声をかけてくる。

「三角屋に入ったの？」

「ええ。しっかり見ましたよ。人数は七人か八人だった」

かつが自信を持って言う。

「地鼠はやはり白子屋に入ったわ。船でここまで逃げてきたのね」

「あとは取り囲んでやっちまうだけね」

かつが天秤棒を振り回して見せた。

しかし盗賊相手にこの人数では少々心もとない。

思案していると、静かな様子で数人の男たちがやってきた。

「ご苦労だな。紅藤」

内与力の伊藤だった。

「伊藤様。なぜ？」

月也が驚いたように言った。

「牡丹が知らせてくれたのだ」

伊藤が当たり前のように言う。どうやら牡丹は家で大人しくしているのではなくて、奉行所に知らせに行っていたらしい。

「どうして報告しなかった」

伊藤に言われて、月也は頭を下げた。

「内密にということでしたので」

「俺には内密でなくてよい。危うく間に合わないところだったではないか」

伊藤の後ろには、捕方が五人控えていた。

「こいつらは浪人でな。こういう時だけ雇っている」

そう言って伊藤は目で合図した。

捕方たちは無言で三角屋を取り囲むために動いた。

「それはそれとして、またもお手柄だな」

伊藤が笑顔になった。

「まだ捕らえてはおりませぬ」

月也が緊張した面持ちで言った。

牡丹が、少し遅れてやってきた。

「遅くなりました。みなさん足が速くてやっと追いつきました」

牡丹は荒い息をついた。

同心の足は速い。牡丹の足ではとうていついてこれないだろう。

「ありがとう。牡丹」

沙耶が言うと、牡丹は嬉しそうだった。

「これで手柄を立てられますね」

「そうね。でも手柄よりも、牡丹と一緒に仕事ができて嬉しいわ」

「わたしもです」

そう言ってから、牡丹がくすりと笑った。

「早くやってしまいたいです」

しばらくすると、三角屋から大きな音がした。次郎吉と梅が中から転がり出てきた。

二人が大きく手を振る。

「女房殿。かけ声はお任せする」

伊藤が言った。

捕物のかけ声は小者の役目である。この場合は沙耶と女性陣の役割ということになる。

「みんな。行きますよ」

沙耶が言うと、全員が頷いた。

「御用だ！」

沙耶が叫ぶ。

「御用だ！」

かつも叫んだ。

お種も喜久もお良も清も一斉に叫ぶ。

あたりの家から人がわらわらと出てきた。

それはそうだろう。深夜にいきなり、それも女性の声で「御用だ」という叫び声がしたのである。起きてこない方が不自然なぐらいだ。

「地鼠の銀次郎！　大人しくお縄につけ！」

沙耶があらためて叫んだ。

三角屋の中から盗賊たちが出てくる。

地鼠の銀次郎は最後だった。

沙耶を見ると顔をしかめる。

「あんたは蕎麦の……。そうか、仕方ねえ。それにしても手回しがいいな」

それから次郎吉と梅を見る。

「お前ら裏切りやがったな！」

沙耶に対するよりもはるかに激しい怒りを向けている。

「すいません。俺たちは幸せになりたいんです」

「仲間を裏切って幸せになっても長く続かないぞ。お前は仲間と一緒に大切なものを棄《す》てたんだ」

盗賊とは思えないせりふである。

「いつまでも盗賊をやってるわけにもいかないじゃねえか。俺はまっとうになるんだよ。だから裏切りじゃない。『表返った』と言ってくれ」

次郎吉が叫ぶように言った。

「屁理屈《へりくつ》はいい。なんで裏切ったんだ？　ただ抜けたかっただけか？」

「梅と所帯を持ちたいんだよ」

次郎吉が言うと、銀次郎は大きくため息をついた。

「おい、梅。仲間よりも所帯をとるような男と逃げて幸せになれると思うのか。今度はお前が捨てられるぞ」

「次郎吉さんは優しい人ですから」

梅が言い返す。

なんと言っていいのかわからない喧嘩である。

「あの」

沙耶は声をかけた。

「なに？」

三人が険しい顔で沙耶を見る。

「そろそろ取り押さえてもいいですか？」

沙耶に言われて、三人は捕物の最中だということを思い出したようだった。

そして銀次郎は抵抗する気力がなくなったらしい。

銀次郎が地面に両手をつく。

「俺は磔《はりつけ》でもなんでもいい。子分の命はなんとか助けてください」

それから銀次郎は子分たちを振り返った。

「お前たちもちゃんと命乞いしろ！」

子分たちも手をつく。

「俺たちは死んでもいいんですが、親分の命はなんとかなりませんか」

月也が感動したような表情になった。

「いい奴らだなあ」

それから伊藤の方を見る。

「こいつらいい奴ですよ」

月也の言葉に、伊藤が苦笑する。

「紅藤。いい奴だろうとなんだろうと盗賊なのだ。忘れるな」

「罪は罪ですね。わかります。しかし足さえ洗えばいい連中な気がします」

「それを言い出してはきりがないだろう」

伊藤はぴしゃりと言った。

「申し訳ありません」

月也が頭を下げた。

「まあよい。お前がお人よしだから事件が解決したようなものだからな」

それから次郎吉のほうを向く。

「足を洗うと誓えるか？」

伊藤に言われて、次郎吉は神妙に手をついた。

「誓います」

「では。全員捕らえよ」

伊藤の指示で、地鼠たちは捕らえられたのであった。

そして。

地鼠の証言で一味は全員お縄となった。

しかし、誰も殺していないのと態度が神妙だということで、銀次郎以外は遠島ということになった。

銀次郎はさすがに死罪であった。

そして次郎吉は、江戸所払《ところばら》いという軽い罪ですんだのである。

しばらくして。早朝一通の手紙が届いた。

その手紙には「ありがとう」という言葉と「同心にもお人よしがいることがわかって嬉しい」と書かれてあった。

そして最後に鼠の印がついていた。

材木町の長屋の金についていたのと同じ印だった。

月也が驚いた顔をする。

「この印はもしかして」

「義賊か」

どういうことだろう。

沙耶は考えた。

そして思いついた。

次郎吉は一人で盗みを働いている、思ったより大物の盗賊だったのではないか。しかし、いつまでも盗賊をやるのに不安を感じて、地鼠を利用して自らの罪を軽くすませようとしたのかもしれない。

だとしたら、月也も沙耶も、見事に騙されたというわけだ。

沙耶たちだけではない。奉行所も騙されて解き放ってしまったのである。思いがけずとんでもない盗賊だったというところか。

「奉行所に行ってくる。沙耶はそうだな。牡丹のところにでも知らせに行くといい」

月也に言われて牡丹の店に行く。

いま思えば、牡丹の勘が正しかったということになる。もっと疑えばよかった。

店に着くと、牡丹は楽しそうに花を売っていた。

「沙耶様。なにかあったのですか？」

沙耶の顔を見るなり牡丹が声をかけてきた。

「それが、あったのよ」

沙耶がため息をついた。

「どうしたのですか」

「次郎吉さんね。本物の盗賊だったみたい。地鼠の一味じゃなくて、自分一人でも大きな盗みを働いていたみたいなの」

沙耶に言われて、牡丹は思い当たる節があるようだった。

「もしかして例の義賊もそうですか？」

牡丹がずばっと聞いてきた。

「そうなのよ」

沙耶は頭を下げた。

「牡丹の言うことを聞き流していてごめんなさい」

「とんでもないです。そこまで自信があったわけではないですし」

牡丹が肩をすくめた。

「盗賊の掛け持ちなんて誰も思いませんから」

たしかにそうだ。それに、まだ証拠があるわけではない。もしかしたら偶然鼠の印を使ったのかもしれない。

とも思いつつ、やはりかなりの盗賊だったのだろうと思う。しかし、どんな盗みをおこなっていたのかがまるでわからない。

事件となった報告がないのである。

「深川飯の指令は結局、次郎吉さんをさがすためだったのかしら」

もしそうなら、見つかるわけがない。目の前にいて話していたのだから。完全にしてやられたということになる。

「今度見つけたらとっちめてやりましょう」

牡丹が相手をひっぱたくような動作をした。

「所払いになったから無理よ」

そう。次郎吉は当分江戸には戻ってこない。今度会うこと、というのはまずないだろうと思う。

「取り逃がしたのは残念だけどしかたないわね。地鼠一味を捕まえたのでよしとするしかないわ」

「そうですね。でも沙耶様、評判ですよ。瓦版に出てました」

「ああ。あれ」

今回の捕物は「女捕物」として瓦版に書かれてしまった。元が沙耶とは思えないような、まるで仙女のような姿になっていた。

「今度の羽子板市では沙耶様の羽子板も出ると思いますよ」

牡丹が楽しそうに笑う。

「まさか」

「いえ。沙耶様はもう有名人ですから」

確かに今回の捕物でかなり名があがってしまった。

おかげで付け届けが増えて生活がしやすくなった。

「あ。沙耶さん」

音吉がやってきた。

「近いうちに双葉に来ておくれでないかい。相模屋さんが、沙耶さんの羽子板を作りたいんだそうだ」

「本気ですか？」

「あたしの隣に並べて売るんだってさ」

うきうきした様子で音吉が言った。

「羽子板市、一緒に行こうよ」

羽子板市は三日間あるから、一日は月也と行って、一日は音吉とでいいだろう。今回はとにかく世話になった。それに音吉たちと羽子板市に行くのは楽しそうだった。

「いいですね」

「羽子板買おうじゃないか。沙耶さんのを買うよ」

「わたしも音吉さんのを買います」

今年の羽子板市は楽しくなりそうだった。

あとの一日は喜久やかつたちと出掛けようと思う。

とにもかくにも白子屋は無事だったから、よしとしよう。


その晩。

「どうしよう」

帰ってくるなり月也が言った。

「次郎吉は大変な盗賊だった」

「大変というのはなんですか？」

沙耶は思わず訊き返した。

「あいつはな。武家屋敷や寺社を専門に狙う盗賊だったのだ」

驚きとともに、なるほど、と沙耶は思った。深川には寺社も武家屋敷も多い。深川飯がある場所で次郎吉とよく会ったのは、武家屋敷で働く小者などと話をしていたためだろう。

「目の前に地鼠以上の盗賊がいるのに見逃していたのですね」

「そうだ」

月也が苦々しい顔になった。

「いい奴だと思ったのになあ」

深いため息をつく。

沙耶は、あまりいい人とは言えなかった気がする。しかし、最後までそんな盗賊だとは思わなかった。

別の盗賊の皮をかぶって盗賊を働くなど、牡丹が言ったようにまったく予想できない。

武家屋敷や寺社に盗みに入ったのであれば、本来は間違いなく死刑である。それをうまく所払いですませてしまったということだ。

「これは褒めるところなのでしょうか」

沙耶が言うと、月也は少し考え込んだ。

「うん。褒めるところだな」

月也が真面目な顔をして言う。

沙耶は思わず吹き出してしまった。

「盗賊を褒めるって変ですよね」

沙耶が言うと、月也が笑った。

「しかし、なかなかたいした奴だった」

盗賊はもちろんいけないことだが、次郎吉はどことなく憎めない男でもあった。

「梅さんとはどうなったんでしょうね」

沙耶としてはそこが一番気になる。

梅に惚れて盗賊をやめたいということだったのだ。そこが嘘なら沙耶としてはかなりさみしいと感じる。

「梅とはうまくいってるらしい」

月也は思い出したように懐から手紙を出した。

「これはお前にだ」

それは梅からであった。

手紙を見ると、うまく所帯を持ったようだ。そして迷惑をかけた、ということが書いてあった。

今後は真面目に働いて次郎吉と幸せになる、とも。

よかった、と思う。これで次郎吉が盗賊から足を洗うのであれば、結果としては正解ということだろう。

なによりもいい夫婦ができるなら、それに越したことはない。

「うまくいってほしいですね」

沙耶が言うと月也も頷いた。

「そうだな」

それから月也は、少し照れたような顔をした。

「俺たちはいい夫婦かな」

「もちろんですよ。疑っているのですか?」

「そんなことはないけどな。幸せなのだろうな。俺は」

「当然です」

沙耶は胸を張った。

「そうだ。せっかくですからお祝いに深川飯を作りましょう」

沙耶が言うと月也は首を横に振った。

「あれはもういい。食べ飽きた」

その様子にあまりにも実感がこもっていて、沙耶は思わず笑ってしまったのだった。


雪があちこちに積もっていた。

江戸の新年は雪からはじまることが多いが今年は格別である。

内藤新宿《ないとうしんじゅく》の先、中野《なかの》にあるうどん屋「戸隠屋《とがくし》」に、沙耶と牡丹はやってきていた。

次郎吉の女房の梅から新しい手紙をもらったのである。

次郎吉が大物の盗賊だというのを梅が知っていたのかに興味もあった。しかし単純に二人が足を洗って幸せになっているならそれはそれでいい。

もう盗まないなら忘れてしまうつもりだった。

お茶を飲んで待っていると、梅がやってきた。しっかりとした旅姿である。笠もかぶって蓑《みの》も着ている。

「お待たせしました」

梅は頭を下げた。

「いま来たところですよ」

沙耶が答えると、梅は笑顔になった。

「うちのあたりは雪深いのです」

「いまはどちらに？」

「秩父《ちちぶ》です」

「それは随分と遠くまで行ったのね」

所払いと言われたときは、中野や王子《おうじ》あたりに住みつく人が多い。秩父まで行くというのはなかなか思い切っていた。

秩父は遠い。川を使えば時間はかからないが、歩きなら冬の日帰りは難しい。

「船ですか？」

「はい」

中野は船で来るのは楽な場所だ。旅とまではいかないというところだろう。

「熱燗と蕎麦がきを」

梅は手慣れた様子で注文した。

「この店には何度か来ているのですか？」

沙耶が思わず訊く。店主のほうも梅を知っているようだった。

「江戸の盗賊でこの店を知らない人はいないのではないでしょうか」

梅は楽しそうに笑った。

「そうなんですか？」

「ここは中野ですからね。盗賊にとっては庭みたいなものです」

たしかにそうだ。中野は江戸ではないから町奉行の支配ではない。関東郡代の支配下だが、人手が足りないのでゆるいのである。

「盗んだ荷物も中野で捌《さば》くことが多いんですよ」

「地鼠の親分もそうだったの？」

「そうです。中野でやってました」

それから梅は、大きくため息をついた。

「親分には本当にお世話になりました」

「次郎吉さんは？　うまくいってるの？」

沙耶は一番気になることを聞いた。次郎吉がさっさと逃げてしまったのでは悲しいからである。

「うまくというか」

梅はくすくすと笑った。

「秩父ってなにもないんですよ。だから次郎吉のような腕のいい職人は朝から晩まで仕事で大変です。博打をやるひまもないとぼやいてますよ」

「盗みのほうはどうなの？」

「どうでしょう。いまのところ盗みをやりたいという気持ちはないようです」

梅はそう言うと、あらためて沙耶に頭を下げた。

「幸せだとね、盗みを働こうという気にならないのです」

「そうなの？」

「はい。なんというか、心に開いた穴を埋めるのに盗みはいいのですよ。穴さえ塞《ふさ》がってしまえば、日々の賃金でいいんです」

それから、梅は思い出したように竹の皮に包まれたものを取り出した。

「猪《いのしし》です。食べてください」

噂には聞いたことがあるが、食べたことはない。月也は好きなのだろうか。

「これはすごく精がつくんですよ。美味しいし」

包みからは味噌の香りがした。

「味噌漬けです。焼くのもいいですが、鍋がいいでしょう」

「ありがとう」

「次郎吉はこれがあればもうなにも要らないらしいです。冬は温まるし」

そういう梅の表情は幸せそのものである。

「裏切ってよかったと思う？」

「他の人には悪いですが、そう思います」

好きな男と一緒になるために仲間を裏切る。悪いことかもしれないが、自然といえば自然なことだ。

沙耶はどうなのだろう。月也のために誰かを裏切るようなことはあるのだろうか。

それはないだろう、と思う。

「でも幸せならよかったわ。もう盗みなんてしないでね」

沙耶が言うと、梅は満面の笑みを浮かべた。

「任せてください」

「一件落着ですね。沙耶様」

牡丹がほっとしたように言う。

「そうね」

なにはともあれ、これで盗賊は減ったのである。

このあと鼠小僧次郎吉がふたたび活動をはじめて、北町奉行所にて捕縛、小塚原《こづかっぱら》で処刑されるのは五年後のことである。

○主な参考文献

『江戸の芸者』　陳奮館主人　中公文庫
『花柳風俗』　三田村鳶魚　朝倉治彦編　中公文庫
『魚鑑』　武井周作　八坂書房
『江戸買物独案内』　早稲田大学図書館古典籍総合データベース
『江戸・町づくし稿』上・中・下　岸井良衞　青蛙房
『芸者論 花柳界の記憶』　岩下尚史　文春文庫
『江戸服飾史』　金沢康隆　青蛙房
『江戸切絵図と東京名所絵』　白石つとむ編　小学館
『三田村鳶魚江戸生活事典』　三田村鳶魚　稲垣史生編　青蛙房
『洗う風俗史』　落合茂　未來社
『江戸生業物価事典』　三好一光編　青蛙房
『すらすら読む　抄訳　浮世風呂』上・下　葵ささみ　Ｋｉｎｄｌｅ版
『江戸商売図絵』　三谷一馬　中公文庫

本書は文庫書下ろし作品です。

|著者| 神楽坂 淳　1966年広島県生まれ。作家であり漫画原作者。多くの文献に当たって時代考証を重ね、豊富な情報を盛り込んだ作風を持ち味にしている。小説に『大正野球娘。』『三国志』『金四郎の妻ですが』『捕り物に姉が口を出してきます』『うちの宿六が十手持ちですみません』『帰蝶さまがヤバい』『ありんす国の料理人』『恋文屋さんのごほうび酒』などがある。

うちの旦那《だんな》が甘《あま》ちゃんで　鼠小僧次郎吉編《ねずみこぞうじろきちへん》

神楽坂《かぐらざか》 淳《あつし》

講談社文庫

定価はカバーに
表示してあります

2022年1月14日第1刷発行

KODANSHA

発行者――鈴木章一
発行所――株式会社　講談社
東京都文京区音羽2-12-21　〒112-8001
電話　出版 (03) 5395-3510
　　　販売 (03) 5395-5817
　　　業務 (03) 5395-3615

Printed in Japan

デザイン―菊地信義
本文データ制作―講談社デジタル製作
印刷―――大日本印刷株式会社
製本―――大日本印刷株式会社

ISBN978-4-06-526072-2

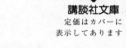

講談社文庫刊行の辞

二十一世紀の到来を目睫に望みながら、われわれはいま、人類史上かつて例を見ない巨大な転換期をむかえようとしている。

世界も、日本も、激動の予兆に対する期待とおののきを内に蔵して、未知の時代に歩み入ろうとしている。このときにあたり、創業の人野間清治の「ナショナル・エデュケイター」への志を現代に甦らせようと意図して、われわれはここに古今の文芸作品はいうまでもなく、ひろく人文・社会・自然の諸科学から東西の名著を網羅する、新しい綜合文庫の発刊を決意した。

激動の転換期はまた断絶の時代である。われわれは戦後二十五年間の出版文化のありかたへの深い反省をこめて、この断絶の時代にあえて人間的な持続を求めようとする。いたずらに浮薄な商業主義のあだ花を追い求めることなく、長期にわたって良書に生命をあたえようとつとめるところにしか、今後の出版文化の真の繁栄はあり得ないと信じるからである。

同時にわれわれはこの綜合文庫の刊行を通じて、人文・社会・自然の諸科学が、結局人間の学にほかならないことを立証しようと願っている。かつて知識とは、「汝自身を知る」ことにつきていた。現代社会の瑣末な情報の氾濫のなかから、力強い知識の源泉を掘り起し、技術文明のただなかに、生きた人間の姿を復活させること。それこそわれわれの切なる希求である。

われわれは権威に盲従せず、俗流に媚びることなく、渾然一体となって日本の「草の根」をかたちづくる若く新しい世代の人々に、心をこめてこの新しい綜合文庫をおくり届けたい。それは知識の泉であるとともに感受性のふるさとであり、もっとも有機的に組織され、社会に開かれた万人のための大学をめざしている。大方の支援と協力を衷心より切望してやまない。

一九七一年七月

野間省一